U0449018

我为孩子打突围战

陈瑜 著

中信出版集团 | 北京

图书在版编目（CIP）数据

我为孩子打突围战 / 陈瑜著 . -- 北京：中信出版社 , 2024.4
ISBN 978-7-5217-6440-6

Ⅰ.①我… Ⅱ.①陈… Ⅲ.①纪实文学－中国－当代 Ⅳ.① I25

中国国家版本馆 CIP 数据核字（2024）第 048388 号

我为孩子打突围战
著者： 陈瑜
出版发行：中信出版集团股份有限公司
（北京市朝阳区东三环北路 27 号嘉铭中心　邮编　100020）
承印者： 三河市中晟雅豪印务有限公司

开本：880mm×1230mm 1/32　印张：11　字数：227 千字
版次：2024 年 4 月第 1 版　印次：2024 年 4 月第 1 次印刷
书号：ISBN 978-7-5217-6440-6
定价：59.00 元

版权所有·侵权必究
如有印刷、装订问题，本公司负责调换。
服务热线：400-600-8099
投稿邮箱：author@citicpub.com

序言 为人父母，何尝不是一趟英雄之旅？

啥事能让一个中年人崩溃到哭？我见过很多人崩溃，是因为孩子的成长难题。管你什么博士学历、百万年薪，在孩子面前照样束手无策、走投无路。

当然，我也见过不少云淡风轻的家长，当父母当得有滋有味、乐在其中，有的甚至在陪伴孩子长大的过程中得以"重生"，脱胎换骨，成了一个全新的人。

为什么会有这么大的差别？我很想知道，于是有了一次又一次的家长访谈。

说说这本书的由来。早在2020年，我先是在我创办的"少年大不同"公众号上开设了一个青少年访谈专栏，叫作"少年发声"。我在家庭教育和心理咨询领域深耕多年,发现当全社会就各类教育问题展开热议时,教育对象的声音始终是缺席的,这不正常,也不合理,所以我希望有机会和孩子们直接对话,让他们的经历、感受和思考被听见、被尊重。

时至今日,我已经访谈了100多位不同年龄段、遍及全国各地的学生,结集出版了《少年发声》和《不被理解的少年》两本访谈实录。我和孩子们一起在努力做一件事,就是透过他们的视角来重新检视今天的教育,看看能推动些什么、改变些什么。

既然有了孩子的视角,那是不是也该有家长的视角?在"少年发声"启动不到半年后,我就同步开辟了另一个专栏,叫"家长回声",每期对话一位家长,畅聊关于家庭教育的种种经验与教训、反思与改变。

整体而言,我觉得在今天要当好父母,真是太不容易了。你大概也纳闷过:也没见我们的父母花多大的心力,我们就都长大成人了,为什么轮到我们这一辈生养孩子,一切都好似进入了困难模式?

在上百次访谈孩子与家长的过程中,我带着这个问题好好琢磨过,在众多答案中,有两个格外显著:

第一个,时代难懂。这个时代充满了不确定性,无论是国际时局、经济形势还是新一轮的技术革命,都让我们看不清未来。既往的人生经验不具备指导性了,新的机会也不知在哪里,这无疑会让人心生忧虑。

在这样的大背景下，无数家长想在不确定中寻求确定性，他们的方法殊途同归，就是死磕孩子的成绩，这仿佛成了他们唯一可以抓在手里的砝码。他们笃信"好成绩 = 好学校 = 好工作 = 好未来"，心想就顺着这个公式往前走吧，因为大家都在这么走。

但在疯狂"内卷"的浪潮下，孩子们撑不住了。《2022 年国民抑郁症蓝皮书》表明，我国 18 岁以下抑郁症患者占总人数的 30.28%，50% 的抑郁症患者为在校学生，而其中 41% 的学生曾因抑郁休学。

学习变成了一场军备竞赛，还没等它换来可能的光明前景，很多孩子就已经身心俱疲地提前退出了战场。未来变得更加不确定了，这道题该怎么解？父母心里没底，没了解题思路，很慌张。

第二个，孩子难"搞"。这一代孩子绝对不可小觑，他们尚未成年，却拥有极其强大的感受能力和极其深刻的思考能力。坦率地说，很多不与时俱进的成年人根本不是他们的对手。

新时代的孩子们到底变异成了什么样的"新物种"？如果有机会走入他们的世界，你会发现他们面临着前所未有的双重冲突。

一是充裕的物质和痛苦的精神之间的冲突。当今的孩子基本过着衣食无忧的生活，父母们对比自己的童年，常常觉得不可理解：你还有什么不知足的？你为什么还不开心？可现实是，高竞争的学业压力、高冲突的人际关系，让孩子们压力重重，很难有发自内心的喜悦。

二是互联网学习与应试教育之间的冲突。当今的孩子是真正意义上的互联网原住民，他们在还没识字的年纪就能熟练地使用电子产品了。而在智能时代，获取知识的途径更多了，他们太容易找到更好的教育者、更多的教学资源、更有趣的教学手段，甚至能链接到更多志同道合的学习伙伴。可现实是，为了升学，他们必须长时间坐在教室里埋头刷题，根本无暇他顾。当生而为人的基本需求都被挤压，没有娱乐、没有运动、没有社交、没有休息时，他们开始质疑这一切。

这双重冲突加诸这一代孩子身上，促使他们不断在思考，不断在发问：

我为什么要上学？

学习的意义是什么？

我为什么活着？

我有什么价值？

我会有怎样的未来？

……

很多父母被问得张口结舌，习惯性地又搬出那套"好成绩＝好学校＝好工作＝好未来"的公式来应对，然而，他们言语之间透露的那股功利的气息只会让孩子们更加嗤之以鼻。不得不说，这一代孩子跑到大人前面去了：他们有独立的意志，敢于呼唤平等和尊重，追寻的是自我实现。

这就是当今父母面临的巨大挑战，既来自时代，也来自孩子。

那么，我们是如何应对挑战的呢？过去几年时间里，我访谈了数十位家长，他们来自全国各地，拥有不同的学历和工作背景，少部分是我主动邀约，更多是自行前来寻求倾听或对话。本书收集了对于其中15位父母的访谈，呈现了家庭教育的各类情况，我将它们归入4个章节：

第一章：内卷时代，各家有各家的焦虑

翻开这一章，你会发现，无论孩子是成绩拔尖、成绩处于中游还是成绩垫底，抑或是由于种种原因已经休学在家，父母好像都在焦虑，并且各有各的忧虑之处。

如果你是一位焦虑的家长，那么大概率会在这一章的访谈中看见自己。

第二章：淡定的父母，心里有盘算，行动有章法

看这一章的访谈，你可能会觉得轻松愉快，而这也正是我采访这群家长时的感受。在此提醒你重点关注一下这些淡定的父母在陪伴孩子成长的过程中是如何做抉择的。他们的价值观在本章的访谈内容中一览无余，而他们所用的方法论很值得大家学习。

第三章：先把孩子养亲了，再来谈教育

"我高度怀疑我父母不爱我，我觉得他们只爱我的成绩。"不止一个孩子跟我说过这样的话。他们期待父母看见自己作为一个"人"的存在，而不是一台"考试机器"。

先把孩子养亲了，再来谈教育！对于这一章的内容，请从"关系"的视角去阅读，看看这些爸爸妈妈有多在意与孩子的深度连接。

第四章：父母自我成长，切断原生家庭问题的代际传递

这一章访谈的家长，在我的心目中都是勇士。他们把自己痛苦的成长经历晾晒出来，一步步驱逐阴影，最后成了太阳底下的新人。这样的蜕变，既是为了孩子，也是为了他们自己。

当我将访谈稿件整理成书后，发现父母们虽然表现不同，但实质上都在为孩子打突围战，希望孩子的人生路好走些。他们的区别在于，有些人铩羽而归，有些人把薪助火。而其中的反思和智慧，都是可被借鉴的宝藏，值得被一一书写。

为人父母就是一趟英雄之旅：意气风发地启程，一路不断打怪，不断升级，勇往直前。这趟旅程的关键词是"成长"，唯有成长能让一个人成为英雄。

感谢孩子们，是你们给了我们成为英雄的机会。

陈瑜

2024 年 1 月于上海

目录

第一章　内卷时代，各家有各家的焦虑

*No.*1　"儿子把我当成
　　　车夫、厨子、快递员……"
　　　003

*No.*2　"如果我再这样焦虑下去，
　　　会毁了孩子，但我还是不肯放手"
　　　023

*No.*3　"小学四年级拿下大专文凭，
　　　但女儿越来越孤僻，没有一个朋友了"
　　　039

No.4　孩子读不好书，妈妈无比焦虑，
　　　连扇自己十几个巴掌……

059

采访手记　绕到焦虑的背后，
　　　　　去看看原因

080

第二章　淡定的父母，
　　　　心里有盘算，行动有章法

No.5　"我从来不陪孩子做作业，
　　　但花了很多心思观察孩子"

087

No.6　"孩子中考大幅提分，
　　　考进市重点，我做对了这几件事"

111

No.7　"鸡血爸爸"的"作战式"教育布局：
　　　科学、玄学两手抓

131

*No.*8　互联网大厂妈妈的育儿方法论：
　　　单点突破、以终为始

　　　151

采访手记　谈教育，
　　　　　就是在谈价值观和方法论

　　　　　167

第三章　先把孩子养亲了，
　　　　再来谈教育

*No.*9　永远站在孩子那边打败问题，
　　　而不是站在问题那边打败孩子

　　　173

*No.*10　学霸差点厌学，
　　　　爸妈像大山一样托住他

　　　　195

*No.*11　"曾被女儿砍伤、用绳子勒到窒息，
　　　　而现在我们成为闺密一起创业"

　　　　211

No.12　"我庆幸能有一个培养孩子的机会，
　　　　这是双向养育的过程"

　　　　229

采访手记　把亲子关系放在第一位，
　　　　才是正道

　　　　264

第四章　父母自我成长，
　　　　切断原生家庭的代际传递

No.13　"儿子对我怒喊：如果你不是我爸爸，
　　　　我要把你砍了！"（上）

　　　　269

No.14　"儿子对我怒喊：如果你不是我爸爸，
　　　　我要把你砍了！"（下）

　　　　279

No.15　"被我逼出抽动症的孩子，
　　　　让我亲手来治愈她"

　　　　295

*No.*16　"我自己受过的苦，
　　　　不能让孩子再受一回！"

309

采访手记　感谢孩子，
　　　　给了我们重塑生命的机会

332

后记　我是陈瑜，我一直在！

335

第一章

内卷时代，
各家有各家的焦虑

No. 1

"儿子把我当成车夫、厨子、快递员……"

父母档案

姓名：R

身份：爸爸

概况： 儿子读高三，是顶级学霸。R放弃工作全身心地"鸡娃"，却懊恼把孩子培养成了"精致的利己主义者"。

R是我几十年的朋友，他儿子是我认识的小孩里成绩最好的。

怎么个好法呢？他就读全市第一梯队的高中，排名在年级前1%—2%，不会掉出年级前五，参加学科竞赛拿过省市级一等奖。如果在国内考学，保送"清北复交"其中一所是稳稳的，可孩子选择出国，所以同时在自学备考海外留学的所有科目，瞄准了美国的常春藤盟校。

无论是国内还是国外的金字塔，他都能跻身塔尖位置！

可想而知，R在儿子身后付出了多少。在他儿子上小学时，我就听闻，他每天刷三五十道奥数题，十选一，挑选其中最有含金量的三五道题，晚上给儿子做。他是在孩子学习上投入度极高的家长，差不多从孩子上学开始，就当了全职爸爸。

这次想找R聊聊，是因为我做《少年发声》栏目，发现我采访的很多患有焦虑症、抑郁症的孩子都是当年的学霸，但他们在高手如云的名校尖子班中没法儿继续保持名列前茅，于是崩溃、厌学，甚至愈演愈烈到休学。那么，那些一路保持领先的顶尖牛娃心理状态如何？我很想知道。

R 说，他儿子的心理状态好得很，前两天他还承认自己去年一年躲在房间里打游戏的时间，累计起来超过 800 小时，平均每天两个多小时！

"现在我最担心的不是孩子会有什么心理障碍，而是他极端地以自我为中心，在任何情况下都会优先考虑自己的利益。"R 直言不讳。

- 01 -

陈瑜 你儿子和他身边成绩特别好的同学，即所谓的超级大学霸，在你看来，有多少是因为天资好？有多少是因为从小爸爸妈妈"鸡娃"？

R 我觉得最主要的因素是习惯。这些孩子是什么样的天才吗？都谈不上。

真正的天才，在奥数、物理、信奥①国家集训队里有，他们样样东西都学得很轻松，一学就学得极好。但我认识的孩子里基本没有这样的，他们都是很卖力地一点点积累起来的。

我儿子和那些成绩比较好的同学，回家从来不做作业的，

---

① 指全国青少年信息学奥林匹克竞赛。——编者注

为什么？因为在学校里已经做完了。他们的概念是，学习是我在这个阶段的工作，既然这些东西是要交的，那就早点把它们做完。所以高中以前，他不带作业回来，到家后会刷别的题。

陈瑜 但很多孩子想的是，反正回家还要额外做别的作业，那不如把学校作业带回家，把时间占掉，课外作业少做一点是一点。

R 这就是我说的从小养成的习惯。小学阶段，我儿子在学校做完作业，回来刷我给他布置的题，然后我再给他讲题。我们可不是到了考前再复习，而是每天默写一遍，来来回回、反反复复地默，英文的、中文的。默的时候，我要给他组词，组那种他没见过的词；碰到特殊的词，我还要给他编故事、讲概念；默到成语，要把成语给他讲一遍；默一篇课文，涉及三四十个词，我经常可以让他默一个小时，不是光会默写出来就完事大吉的。

陈瑜 他不嫌烦啊？

R 小时候他不嫌烦，还会觉得我陪他不够多。但是到了初高中，他就不再觉得我这是跟他亲了，而是认为所有和我在一起的时间，都是他挤出来陪我的。

陈瑜 他默认学生时代的生活就是这样的，剧本就是这样写的。

R 在他生活的圈子里面，别的小朋友也都是这样的。

陈瑜 我有一个好朋友，她儿子和我儿子生日只差一天，但他们从小到大只在一起玩过一次。我朋友很搞笑,她说,不能让她儿子知道天底下还有我儿子这样的活法。

R　从小到大,我们圈子里的其他孩子也都是周末两天至少有一天半在上课。他们也习惯了,从来不觉得有什么问题。反而是空下来的那个半天,他们不知道要做啥。

– 02 –

陈瑜　跟你分享一个我采访孩子的感受。我觉得有闲暇时间的孩子,会琢磨,会钻研,会生出很多有趣的事情来。而有些成绩特别好的牛娃,你问他们喜欢什么、未来想做什么,他们反倒回答不出来。

R　学习对他们来说是工作,他们是不能辞职的。

我儿子从小到大参加数学竞赛,或者在学校考数学,他永远拿 95 分以上。但即便这样,他也不敢保证高考拿高分。高考的最后一道数学题,以他的水平不一定能拿下,所以他还是要不断刷题、不断拼命。

陈瑜　那我反过来问吧——你儿子喜欢数学吗?

R　不喜欢,学数学对他来说就是工作。

你说的那些孩子之所以可以在他们喜欢的事情上保持兴趣,一个重要的因素可能是他们的父母不在乎,认为没必要在这个兴趣上面给他们施加压力，没有觉得孩子必须在这个事情上开花结果。

陈瑜 对，有些父母没有功利心。

R 一旦希望他们开花结果，小朋友可能就会觉得，哎呀，这件事变成工作了，不好玩了。

陈瑜 数学家丘成桐说哈佛数学系的中国学生成绩优异，一路过关斩将，但最后提不出来有创意的洞见，因为他们从骨子里不喜欢数学，不热爱这门学科，毕业后纷纷去了华尔街。你儿子和他圈子里的那些同学，各方面都符合藤校的标准，那将来会不会也成为哈佛数学系里的这类学生？

R 不是说一定会这样，但是是有可能的。

你现在问他选什么专业，他第一反应是计算机类的，但至于他是否热爱计算机到了未来要从事这一行的程度，他没想好。如果按兴趣来说，他可能想去读中古史，但他马上又会自我否定。

当然，这跟我们平时灌输的信息有关系。我们会对他说："你学了中古史之后，确实是拿到了哈佛的文凭，但是你找不到工作，留不下来，回国后也没人要你，你拿了文凭有什么用？"他就会想，那还是继续把中古史当爱好吧，不要当专业了。

这种思路慢慢沉淀下来，他会形成这样一个概念：专业是跟饭碗有关系的，而饭碗是跟兴趣没关系的。

陈瑜　是的，这是社会的主流观点，但我本质上不认同。

R　　当然最好不要这样，但现在好像慢慢地变成只能这样。

陈瑜　这一点我蛮捍卫自己的立场的，我不想把这套功利化的价值观灌输给孩子。

R　　他那些同学的判断标准也是这样的。

这几年基础类的学科也有人去读，为什么？不是因为他们觉得基础学科好，而是他们发现 BAT（百度、阿里巴巴、腾讯）里面顶层的大佬，都是基础学科出身，比如有数学系的，也有物理系的。学工程的都不一定有人要，更何况是比较"虚"的学科出身，学文科的就更不要想了。

陈瑜　你会考虑未来的出路，以结果为导向来推理今天这条路怎么走；我会在意孩子喜欢啥、擅长啥、可以走到怎样的未来。我们的出发点不同，路径会不一样。

R　　完全不一样。按照我这个路径的话，爬藤（申请常春藤联盟学校）是理所当然的。按照你这个路径，孩子为什么要爬藤？能读常春藤盟校当然最好，读不了也无所谓。

陈瑜　对，我会特别注意观察孩子的优势是什么，跟着他的兴趣和需求走，为他提供相应的资源，最后让他去到他该去的地方。

比如我儿子比较喜欢表达，爱看《奇葩说》，我提议他去学辩论，他非常喜欢。他有可能在辩论这方面取得一些成绩，对未来升学可能会有帮助，但是他去学的驱动力，不是"有用"。

R　对,你的想法跟我身边认识的大多数家长的想法是相反的。你是在意小朋友喜不喜欢,别的家长会在意学这些有没有用。

可能我会更多地以结果为导向。我会给我儿子每个学期排详细的日程,每个时间点都是根据他最后要达到的目的倒推的。别人会说我想得挺早的,其实不是我想得早,而是倒推回来,这个时间点必须这样做,不然后面会着急。

陈瑜　你和儿子两个人有一起玩的时间吗?纯粹地娱乐一下那种?

R　我们会联机打游戏、一起看电影。我本身不是很好动,几乎没有和儿子一起运动过,这是我个人的问题。还有学校有任何需要家长出席的活动,排个节目、排个剧之类的,我都会去。

陈瑜　你儿子有阅读的习惯吗?

R　初中阶段有,高中时没什么空闲时间,他觉得看书没有打游戏重要,所以很少看书。但是每天还是有看书的时间,因为他们学校规定,高二必须读《红楼梦》,考试的时候会考到里面的内容。他为了应付考试,每天要看《红楼梦》,看完小说之后还要快进看电视剧,来补充对细节的了解。

陈瑜　又把它功利化了。

R　对啊,每天都要看,但看的心态是不一样的,是为了完成作业。

— 03 —

陈瑜 你觉得你儿子未来成为怎样的一个人，会让你认为你今天的付出都是值得的？

R 没什么值得的。

陈瑜 （开玩笑）就是不值得啦？那你在做啥呀？

R 我参与育儿的程度的确比大多数家长要深。从十多年前开始，我对自己的生活、工作就都没什么企图心了，做的所有事情都与我儿子相关。在我的认知里，会做出这样决定的家长，可能还是会期待孩子未来能有所回报。

陈瑜 你会有什么样的期待？

R 至少他能给我养老。

陈瑜 我不会这样期待。

R 你知道你为什么不会吗？因为你可以自己安排自己未来的时间，你养活自己、过自己比较喜欢的生活是没问题的，所以不需要孩子来管你，也不会对孩子有什么期望，也不会对孩子有特别多的要求、给孩子施加压力。但是这几年下来，我发觉我除了炒炒股票之外，没有什么活儿可干了。虽然有时候炒股赚得蛮多，但是我不认为可以靠这个养老。

陈瑜 你把炒股的收入挪出一部分用来养老，不就可以了吗？

R 这就是我跟你想法不一样的地方，我对未来极度没有安全感。现在家里的房子哪怕能卖1000万，手里还有几百万，也不一定有保障。你想想，二十年前，你有10万就觉得已经足够了，但现在10万算啥，过一年都过得紧巴巴的，所以现在你有个100万、200万或者1000万，可能觉得日子蛮好过的，可再过二十年，等你彻底丧失劳动能力的时候，这些钱不一定还能让你的日子好过。

而如果你有自己比较喜欢且有稳定收入的事业，同时有比较好的社交圈，使得你可以在各种情况下有救急的方式，你会更有安全感。但这种情况不适用于我，我的危机感可能比你的更强烈。而这种念头最近几年越来越强，导致我有了这样的想法，可能会希望孩子未来至少每个月补贴我些钱，让我过日子。

但实际上，现在我最担心的不是孩子会有什么心理障碍，而是他极端地以自我为中心，在任何情况下都会优先考虑自己的利益。我想，这个年龄的孩子有这个想法也蛮正常的，很多人都会有这样的想法，但是因为我有这种恐慌，所以我会把这个问题放大。大多数家长会感到无所谓，和孩子争到面红耳赤，最后就说："以后我不管你了，将来也不用你管我！"问题是，我讲不出这句话，我如果碰到这种情况，就没办法释然。

我没有工作，所以我在家里是没有地位的。我儿子很鄙视我，跟我交流，言语中透露着毫不在意。所以我才会说，我就是车夫、厨子、快递员，是他的小工。比如学校要他们交一个手工作业,他没兴趣做,就会叫我做,而且是晚上 10 点钟给我布置任务,第二天早上要带走,我一做就要做五个小时。

陈瑜　管他呢!

R　那怎么办呢?就教出了这样的结果。有好的地方,也有没办法接受又讲不出口的地方,慢慢地,情绪会积累起来。

一开始我觉得哪怕没有固定收入也不要紧,我面子总是有的,小孩子会很买账。他所有要做的题目,我都会,每一道我都做,然后从中挑选一些给他做。而且那时候他还小,没有那么强的自我意识,我说了他就照着做,我不会有这种心理上的压力。

现在儿子越大,我越觉得自己插不上话,因为他学习的东西,我确实不懂了。初中竞赛类题目,每道题都要花半小时、一小时去想,我就不能做了。他就觉得:"你不要说废话了吧。我也不要问你了,问了你也不懂。"

我现在给他做助理,帮他排课表,预约各种老师,就是那种经纪人的感觉。但问题是,我不是那种合作伙伴类的经纪人,而纯粹是一种打工型的经纪人。

我确实有很强烈的不安全感,觉得有很大的不确定性。对大多数家庭来说,多多少少会有这样的情况,但家长们不会觉得有太大问题。他们可能会觉得等孩子 20 多岁毕业了,就可以了。但我会想得更多:他以后会出国的,到时他还会不会来管我？我不知道。

陈瑜 大概率不太会。

R 对。他一年回来一次的可能性大概率为零。只要他能留在那里，可能两三年回来一次。可能一开始过年时他会问候一下，之后可能过年也没空了。

他会杳无音信。

如果心情好，他就理理我，偶尔寄点家用，心情不好，可能一两年不联系我。等到我病危了，他都不一定赶得回来……我这种感觉越来越强烈。

陈瑜 现在你和他都没有那么多话，很难想象十年之后你们会突然变得有很多话可聊。

R 不可能的。

他读小学时，我对他学校的情况是完全知道的，甚至他每节课上什么我都知道。到了初中，我每天接他回来的路上，他会把在学校一天的情况都讲一遍。但到高中以后，他就不讲了，闭嘴了。

这个我理解，因为他这个年龄的小朋友不愿意跟家长讲学校的事。他觉得那是他的社交圈子，跟我没关系。但问题是如果继续这样发展下去，他的圈子的外延会越来越大，最后他就会没什么需要跟我讲的了。

我之前的想法是，作为爸爸，我要尽量跟他保持比较平等的关系。后来发现，我做不到，因为我是他的"下属"，根本无法跟他平等。以前人们说，家长不要居高临下，现在我慢慢发现，我要仰着头，他才肯低头跟我讲两句话，而且还是爱答不理的态度。

陈瑜 你和孩子除了聊学校的事，还会天上地下地聊天吗？比如谈哲学、宇宙、社会科学或者新闻时事……

R 这又涉及了另一个问题。我们读书的时候，对于不同的观点，大家彼此可以理解，可以听听看，讨论一下。但现在，他就差说我是"卖国贼"了。

陈瑜 三观不合了，是吗？

R 现在直接上升到三观问题了。我们观点差异太大，不能讨论时事，一讨论时事就吵起来了。科技也不行，现在科技话题也有政治标签，哲学跟价值观也是有关系的，也不能谈，只能偶尔聊聊欧洲历史。

陈瑜 你跟其他学霸的家长交流过吗？他们也这样吗？

R 面对成绩好的学生，家长基本上不讲话，要讲的话，也是谨小慎微，怕得罪孩子、吵到孩子。在我儿子那个朋友圈子里，一般都是这样的。

- 04 -

陈瑜 你就没想过出去工作或干些其他事，不要再这么围着他转?

R 等到我有这个想法的时候,已经快 40 岁了。

陈瑜 你那时候那么投入吗?

R 我以前上班的时候,早上 8:30 到单位,9:30 把所有事做完,就开始做数学题了,一副谁也不要来打扰我的样子。你说哪个老板会要我?!

我并不是一开始就一定要孩子参加比赛拿奖,我最早让他参加数学培训,是在他小学二年级,然而大量的孩子是从幼儿园开始参加培训的。我看到他们同学都去机构上课了,就想那我们也去试试看。刚开始他考进的是提高班,上了两个月,老师让他转到最好的班,然后参加了几次竞赛以后,就进入集训队了。这个过程就是这样的,一开始他只是不笨,但他能达到后来的水平纯粹是我花时间堆出来的。实际上,我一开始没有设想他会取得什么样的成绩,就是一步步自然而然地走到了金字塔的塔尖。

你看到的各科竞赛出成绩的孩子,九成九都是练的童子功。他们从小学一、二年级开始就在这条路上走,在竞赛的路上训练出了整套学习习惯和整套思维方式,所以成绩顺理成章地就上去了。

我平时接触比较多的家庭,都是这样的模式,父母一路陪着,孩子越走越顶尖。你会看到大量顶尖的小朋友的家里,有一个家长是不上班的,或者至少工作很闲,说请假就能请假，工作是应付着做的，这种情况很普遍。在双职工家庭中完全靠自己拼出来的孩子，我不能说没有，但是很少很少。

陈瑜 在"辅佐"小孩子这件事情上，要投入好大心力、好多时间的，是吧？

R 对。他的习惯的养成，跟你怎么在边上引导是密切相关的。你想想看，他下午3点钟放学了，如果你下班之后七八点钟才到家里，那中间的三四个小时，没人管他，他会读书吗？基本不会。

— 05 —

陈瑜 你的收入来自炒股，去负担孩子的各种费用，压力大吗？

R 大头儿是他妈妈付的。从初中开始一路算下来的话，快花掉200万了吧。

陈瑜 孩子跟他妈妈交流多吗？

R 他和妈妈的关系属于那种"我知道你很傻，但是我跟你保持很好的合作关系，因为我知道你是我的金主"。

陈瑜 没有情感吗？

R 他会让他妈妈觉得情感上很融洽，但是一涉及利益，就会马上翻脸。

陈瑜　你会不会觉得一些超级大学霸，是"精致的利己主义者"？

R　绝对是，因为所有的资源都在拼命地往他这边汇拢，一方面他有吸星大法把这些资源吸过来，更重要的是父母和其他家里人拼命把他往上推，所以他觉得一切都是理所当然的。

陈瑜　他在接触的所有人里，会对谁产生那种"我想为你做点事情"的想法？

R　对同学偶尔会有这种想法，但都是些小事情，不会触及核心利益。他参加很多公益活动，目标都是很明确的，为了申请国外大学写文书。

我带他去看老兵，他会积极地参加，但是不会对任何一个老兵表露真正的情感。

陈瑜　可能你的目标感会影响他，使得他今天的思维也比较功利。

R　可能有关系，因为他很清楚要达到最终目的，下面有四五件事情要做。但是，面对一个90多岁的抗战老兵，即便你有其他目的，也还是会产生情感上的冲击，但他没有。

陈瑜　别的孩子也是这样的吗？

R　几乎都是。他们会去山区支教，给那里的孩子上课，但是一下课，恨不得马上离开那个地方，不跟那里的小朋友有任何接触。他们着急离开去干吗？回房间打游戏。

他们会表现得对那里的孩子很亲切、很关心，但只是一种"表演"。

陈瑜　但是在国外大学的面试环节，问两句就能问出来，你到底在公益活动中有多深的参与度。

R　他们有专门的面试训练。

陈瑜　你儿子和他身边那些孩子,如果未来爬藤成功,他们会觉得是靠自己努力取得的成功,还是爸爸妈妈在这一路上为自己付出了很多?

R　父母花了很多钱,这一点他们是承认的。但是承认归承认,他们觉得这也没什么,因为家长花得起,不是从牙缝里省下来的,所以他们没有那么受触动。

- 06 -

陈瑜　成绩特别好的孩子,会比较以自我为中心,除了父母都在拼资源、同侪竞争激烈要维护自己的利益,你觉得还有其他原因吗?

R　其实很多价值观是潜移默化形成的。你会看到网上的人甚至有一种"视他人如草芥"的心态,怀着这种心态的人比比皆是,各个阶层的人都有。他们动不动就会说"你就是个蠢蛋,你就是个浑蛋,我要把你拉黑"。他们接收的就是这样的信息,只要你是弱小的,任何资源就都不值得在你身上浪费。

陈瑜　他们会对外卖小哥……

R	不会,任何善意的微笑都不会有。
	他从小到大,我都会对楼道里扫垃圾的阿姨、外卖小哥弯腰致谢。但我儿子连装装样子都没有过,他根本看不到这些人。
陈瑜	都说"言传身教",孩子为什么没有被影响?
R	因为爸爸妈妈不重要呀!本身我就是一个"下人",下人的举动,跟他有什么关系?或者因为叛逆,他就是要跟我反着来。
	我感觉我是一个很情绪化的人,很容易红了眼圈,看到弱势群体,会想尽办法去帮助人家。但这样的事情在我儿子身上是看不到的。他做任何事情,都是因为有别的目的,不然他绝对不会去做,看都不会看一眼。
	有一次我印象很深刻。他放学,我去接他。回家路上,我开车,看到前面一个老太太摔倒了,我马上停车,让他去扶。我说:"不要管别人怎么说,你先把她扶起来。"然后我们在老太太边上守着,等救护车来。
	我是在"言传身教"吧,而且我是发自内心要这么做,哪怕那时候社会上在讨论老人跌倒要不要扶。这在我看来是不需要讨论的,就是要扶!
	我感觉我在"言传身教"上没有一点不合格,但是之后我发现,他对于摔倒老人的立场依然是——躲远点。
陈瑜	家庭教育,有时候也会敌不过社会舆论和同伴的影响?
R	在我们家,后者完全盖过了前者。

陈瑜　他们的同伴关系是什么样的？他会有真正的兄弟吗？会有兄弟间那种很深的情感连接吗？

R　我们口中的兄弟，就是我可以为你牺牲我个人利益的那种兄弟，至少我不觉得他有，因为他不会为了维护另一个人的利益而牺牲他自己的利益。在他的同学里面，对一些成绩差的，他偶尔会表现得很有江湖义气。

陈瑜　那是因为他更有优越感？

R　因为那些人对他没有威胁。我观察到他的其他同学偶尔也是这样，只是没他那么明显。很难说这到底是由什么造成的。我只能说，他生活在这个圈子里，接收的就是这样的信息。

当然，我相信他到了美国以后，会表现得更有人文情怀。

陈瑜　因为在那个情境下，表现得更有人文情怀对他有利？

R　他很快就会明白如何表现是可以最快融入那个群体的。至于他内心怎么想，我不知道。

陈瑜　你觉得他快乐吗？

R　怎样叫快乐呢？

陈瑜　身心合一的、自在的……

R　反正他没有抑郁。

有时候，我的想法确实比较局限，认为所谓的牛娃、好学生，就是考进 top10、top1 的学校。这属于"自毁式"的教育理念，不适合普及。可能孩子没抑郁，家长先抑郁了，哈哈哈……

No.

2

"如果我再这样焦虑下去,
会毁了孩子,
但我还是不肯放手"

父母档案

姓名:H

身份:妈妈

概况:大儿子读小学四年级,爱看书,但学业上没按照她的步骤和计划走。她放不了手的背后,是太多灾难性思维。

"如果我再这样焦虑下去，会毁了孩子！我知道我需要减轻焦虑，但我不知道该怎么做……"H是两个孩子的妈妈，当了17年临床医生后转做行政工作，想着这样起码在节假日可以陪陪孩子。

她对于自己的问题看得很明白，但始终卡在某个点上没法儿改变。

我抛过去的问题，有点步步紧逼的意思，话也说得格外重。她从我们对谈的中途就开始哭泣。

— 01 —

陈瑜 在教育孩子方面，你觉得自己很焦虑？

H 孩子小的时候，我总是对他抱有很高的期待，老是想着他以后会怎么样、长大要干吗干吗。

从他上幼儿园到现在上小学四年级，我的期望值是慢慢地调整、慢慢地降低。我看到了现实，也逐渐接受了大部分人都是平凡的人，但我还是会焦虑，因为现在的竞争很激烈，很多工作岗位上的人已经被机器代替，所以有时候我就容易唠叨，希望他按照我的步骤和计划去走。

我是一个性格急躁的人，希望他一放学就赶紧把作业做完了，后面的时间就好安排了。他一、二年级时还好，会听我的，而且那时妹妹很小，我还有时间和精力去陪伴，也就是监督他。

我感觉我以前的路走错了，那时我坐在他旁边看着他写作业，甚至有时候看他有一点错误，就马上指出来，所以影响到了他今天的自主性。另外就是他的专注力受影响了。后面我进行反思，才意识到这个问题。

其实用别人的话说，他是蛮乖的一个孩子，但是我总感觉他没有按照我的想法去做，达不到我的要求，我就会催促他、会唠叨。

陈瑜 意识到这个问题之后，你有做出一些改变吗？

H 我看了很多相关的书，也上过一些课，甚至找两个心理咨询师咨询过，有了一定的调整，可是我觉得这些对减轻我的焦虑作用不大。

陈瑜 你是在自己的成长过程中就一直焦虑，还是有了孩子以后才变得焦虑的？

H 我觉得有可能我一直是这样子的，从小就有迹可循。

我读小学的时候，成绩一直都很优秀，小学毕业后我就考到市里面最好的中学去了。到了中学，竞争一下子变得很激烈，其他同学的成绩都真的比我优秀太多了，然后我就开始拼命追赶。自己这么一路走来，我感觉我的学习理念、学习方法其实都是错误的。说白了，我当时就是在死读书，希望通过自己的勤奋、通过花费大量时间把成绩搞上去。

我父母也没有太多文化，只会告诉我，要好好读书，这样以后才可能有一份比较好的工作，所以当时我的目标就是考到一所好的大学，以后能够找到一份相对好的工作。

其实我觉得我的高考是失败的，后来也只是找到一份相对稳定的工作，没有达到自己理想的状态，所以，我很希望我孩子的路能够比我走得更好。

- 02 -

陈瑜 我问你两个问题。第一，你说自己没有达到理想的状态，那么你理想的状态是什么？

H 我理想的状态可能是，我不用顾及那么多的人，工作没有那么烦琐、那么繁忙，我有可以自由支配的时间，然后在财务上面相对自由一点。我现在的工作压力真的是蛮大的。

陈瑜 然后，我想问你的第二个问题是，你刚才提到一句，说你希望自己的孩子比你更好，那个"更好"是什么意思呢？

H　因为现在我只是在我们市里当一名医生，我希望他能走出这个圈子。说实话，我现在所在的地方，其实发展是很有限的，我希望我的孩子能够走得更远一些。

陈瑜　嗯，从这两个问题的答案来看，其实你都是在弥补自己的缺憾。

H　是，所以从根源上，我可能是把自己没能实现的事强加在孩子身上了。

陈瑜　是啊，他是另外一个人，他的任务不是满足你对人生的期望。

H　对，其实我心里面知道，可是我不知道要如何去改变。我身边很多人，包括我的好朋友还有我老公，也会跟我说："他是他，你是你。"孩子的老师也会跟我说，其实是我的想法限制了孩子。她说："你放手，让他去尝试，让他自己去做，他完全可以做得比你想象中好得多。"甚至一个亲子课的老师也跟我说："孩子的知识面有时候比你的更广。"所以他建议我除了管孩子的吃喝拉撒以外，其他事情都不要插手了。

陈瑜　那我要问你了，你也知道原因所在，而且旁人也给了你很多建议，你为什么还不肯放手呢？

H　（哽咽）我怕万一孩子他自己做不到，那该怎么办呢？他以后会怎样呢？

说实话，最根源的问题就是我不相信他。我真的是很纠结，很多人都跟我说："你只要相信他，他就能做到。"可是我也不知道自己为什么就是不愿意去相信他，可能我内心也是不自信的，甚至有点自卑。

陈瑜　你相信自己吗？

H　其实一半一半吧。我的领导或者同事会很放心地把工作交给我，因为他们知道我会做好。可是我会给自己很大的压力，哪怕我连续很长一段时间，每天只睡几个小时，我也要把这份工作做好。

而且我对于手下管的人，不知道为什么缺乏一种领导能力、统筹能力，也不擅长把工作分配下去，可能是由于自己不放心。

家庭上是这样，工作上也是这样，所以我很累。

陈瑜　你对手下的人的不放心，跟你对儿子的不放心，其实是一样的，到最后所有的事情都是你在主导、你在亲力亲为，结果就是你很累。

H　是。

陈瑜　我在想，你刚才提到你以前在市里最好的中学读书，强手如云，于是下死功夫去冲目标，可能这就是你的学习方式，也是你的工作方式。

H　嗯。

陈瑜　这样做让你比较有安全感，"因为我已经用了这么多的时间，我已经下了这么大的功夫——"

H　对！可能就是一种自我安慰吧，毕竟我已经付出我所有的时间和精力了。

陈瑜　所以你也希望你的儿子用你这样的方式，他这样做的时候，你会比较安心？

H　其实说句老实话——我刚才也说过——现在回过头来看，我知道我当时是一种死读书的状态，我不希望我的孩子是那种状态，知识面那么狭窄。

可是不知道为什么，我就是情不自禁地希望他能够赶紧把作业做完，然后赶紧去看一些我认为对他有用的课外书，或者是上数学思维课之类的。

但其实如果我不去管我儿子的话，他也不会打游戏、看电视，放学回来，他就很自觉地在我们家读书的地方看书，啥书他都愿意去读，只要抓起书他就读。

可能以前被我控制惯了、被我催惯了，所以他现在有时候不能意识到自己得赶紧把作业做了，时间安排方面做得不是很好。我要是不提醒他，他可能会一直看课外书，作业就会拖得比较晚。

陈瑜　你能允许一个人有自己的节奏吗？

H　　怎么说呢？按照我所做的事情来看，我好像是不允许的。真的。

陈瑜　就像吃饭时，有的人喜欢第一口先吃饭，有的人喜欢第一口先吃菜……

H　　为什么我会这样？我真的……我老公其实也是很包容的一个人，家里很多事情都要按照我的节奏、我的想法来，我确实很过分。

陈瑜　你什么都明白，你也跟很多心理老师聊过，也有很多的反思，为什么改变的动力仍然不足？

H　　很多人跟我说，不要以为"静待花开"真的就是可以慢慢培养他的行为习惯、学习习惯，所以我经常就会很矛盾。

像我小孩目前英语学得一般般，我就感觉现在要把英语抓起来。一想这个问题，一去做这件事，有时候又会变成一种控制，我很难去平衡。

而且现在，看到我儿子身边那些特别优秀、特别自律的小孩，知道他们的父母花了多大的精力去培养他们，我就会紧张焦虑，希望自己也能做到那样，所以我没有完全放手。我想跟儿子一起走一段路，试一试，结果在这个过程中可能就做得"过"了。

陈瑜　我在你的叙述当中，听到很多的方法、规则、秩序、习惯，却很少听到你说你儿子需要什么。

比如你看到很多成绩很好的孩子,他们家长是那样做的,你就要去学他们的方法。但是,我们一直在说,每个孩子是不一样的。你有没有想过,你的孩子需要你怎样的陪伴呢?

H 我儿子在三年级下学期到四年级期间,其实跟我反馈过几次,他不希望妈妈这么唠叨。我向他表示我要改变,也希望他在我唠叨的时候提醒我。可是我唠叨的时候,他也不敢提醒。说实话,我一唠叨,孩子或多或少就会有点情绪,所以有时候因为学习、作业方面的事情,就搞得亲子关系不是很好了,他就会闹一些情绪。但是如果我陪他玩,比如说有一段时间我陪他打枕头仗、陪他聊天,其实他是很乐意、很开心的。

陈瑜 你们俩现在的亲子关系,总体来说,你觉得怎么样?

H 还行。只要我不催他写作业,其实一切都好。

陈瑜 你对老二呢?

H 不知道是不是因为一方面我陪她的时间更多,另一方面她是女孩,虽然才3岁,但是她的语言表达能力、生活自理能力都挺强的,早上起床刷牙、洗脸、穿衣服,都不用我太操心。

陈瑜 说起来,老二是符合你节奏的孩子?

H 也不能这么说,只是因为她现在还小,说得难听一点,对于她的时间也好、其他方面也好,我还能掌控。

陈瑜 对哦,哪天她的自主意识更强了,希望寻找自己的节奏的时候，你也不敢保证能放手，对吧？

H　对，是的，所以归根结底就是我自己的原因。我的控制欲太强了，对人也好，对事也好，希望一切都能按照我的节奏去发展。

— 04 —

陈瑜　我想问你，你害怕孩子的未来会怎么样呢？

H　（哽咽）我害怕他以后会找不到很好的工作，生活会比较困难。

陈瑜　困难到什么程度？

H　我没想过会困难到什么程度。

陈瑜　你仔细想一想，你害怕孩子怎么样？怕等你们两个人老了、故去之后，他们俩就流落街头吗？

H　当今的社会，他们应该不会变成那样子的。

陈瑜　那你在担心什么呢？你担心的最坏的结果是什么呢？

H　比方说他在一群同学当中落后很多，我就会担心。我心里会有一种比较，怕以后别人都把他比下去，别人都会有很体面的工作，而他就做一个普通的工人，甚至连自己想要的东西都不能够去选择。我可能比较担心这个。（哭泣）

陈瑜　你自己会不会时时刻刻地和你的同学做比较？

H　　　会的!

陈瑜　　比下来怎么样?

H　　　自己靠近中间的位置吧。

陈瑜　　你对中间的位置满意吗?

H　　　怎么说呢,我努力过,已经尽力了。

陈瑜　　但是还会有不甘吗?

H　　　不甘应该不至于,因为每个人的能力都不一样,我的能力就只能达到这个层面。

陈瑜　　好,对于孩子,我有两种假设。第一种假设是,孩子的能力是偏弱的,然后他跟妈妈说:"我的能力让我在三四十岁的时候,只能处于整个同学圈的下游,我也努力过了。"你允许他处于下游吗?

H　　　(哭泣)这个应该不是我允不允许的问题,我必须接受。

陈瑜　　好,你也意识到这不是你允不允许的问题,因为每个人能力不同、机遇不同,你也无力去改变太多。

H　　　对,是的。

陈瑜　　第二种假设是,孩子未来的志向就是做一个快乐的工人,你能接受吗?

H　　　(哭泣)……

陈瑜　　他说"我不想做律师,也不想做大学教授,我就是要在车床边上去磨一个器械,或者在酒店的后厨烧菜、做糕点,当快递小哥骑车送货",他说"那样的生活让我觉得很单

	纯、很快乐,虽然社会地位不高,钱赚得不是特别多,但我很快乐",这样的人生选择,你觉得可以吗?
H	(哭泣)我自己……我不会允许自己这样子,但孩子的人生由不得我做主,而且是他自己选择的,那是他的快乐。
陈瑜	你觉得这由不了你做主,但你今天所做的一切都在避免他做那样的选择。
H	是啊。
陈瑜	那你哪儿来的权利呢?
H	(抽泣)其实我真的没这个权利,我不知道自己为什么会这么做,总是用"为孩子好"这样一个借口来控制他。
陈瑜	你觉得背后是不是虚荣心在作祟?
H	(抽泣)对!是的,就是好面子,好像就是要活给别人看,看我活得多好,活得多体面,而不是真的觉得开心、内心富足。
陈瑜	你希望孩子未来成为另一个好面子的人,一直跟别人比,比到最后,自己内心不快乐吗?
H	(抽泣)其实我不希望!我知道自己很辛苦,我不希望孩子成为我的影子,我真的不希望!可是,我不知道怎么样才能彻底改变这种执拗的想法。所以,当我看到您的《少年发声》以后,我就在想我怎么才能找到您。我想向你们求救,我不希望孩子因为我而被耽误了。

— 05 —

陈瑜　你能放下你的虚荣心吗？

H　　有困难。

陈瑜　难在哪里？

H　　我也不知道。

陈瑜　是因为要活给别人看吗？

H　　是，我现在真的好像是在活给别人看。比如说在工作上，我需要得到别人的认可，才能有那么一点点的成就感。其实好可悲。

陈瑜　为什么你要把个人价值感寄托到别人身上？这样很危险。

H　　（哭泣）是。

陈瑜　你打算把它收回来吗？

H　　我希望我可以做到，我希望自己可以收回来，我也真的不希望自己活在别人的评价当中。这样很累。

陈瑜　也不要让孩子活在你的评价中啊，他也会很累。

H　　是的，是的。

陈瑜　我说一句可能让你有点担心的话——如果以你现在的方式去教养孩子，孩子大概率不会超过你人生的高度。
你的爸爸妈妈当年由于各方面原因，没法儿帮到你，但也没有控制你，他们"无为而治"，于是你摸索着成长，成为今天的你。

而你现在用你过往的自己也不是非常认同的经验来规划孩子的发展路径，严格控制他，他很可能最多成为你，更有可能的是比你的精神状态更糟。

现在他上四年级，还会和你说"妈妈，我觉得你有点唠叨"，还会提一些建议，有一些小情绪，但是到了小学高年级或初中，他的自我意识肯定需要生发出来。根据我们看到的大量案例，那时候你可能会面临两种情况：一种情况就是你不允许他形成自我意识，依然控制他，他只好向内攻击自己，逐渐丧失内驱力。有的孩子会因此走向焦虑和抑郁，也有可能休学。

H　　我最担心的就是这个！

陈瑜　　另一种情况是，他的能量会向外释放，与你正面开战，跟你争吵，甚至跟你干架。

H　　嗯。昨天晚上我就在想，我能不能学习真正地放手，让他自由地成长。如果他自己没有学习的意识，我再怎么逼他也是没用的——

陈瑜　　他怎么没有学习意识了？我这里需要强调一下，你知道吗，当我听你说，孩子会自己跑到书房的角落看课外书，我真的是替你和孩子开心，这是多棒的自主学习啊！学习不仅仅是做作业、上课举手发言，要知道你儿子这样的阅读兴趣和阅读习惯，是今天多少孩子缺少的！而你却对这些视而不见！

H　　（哭泣）对啊！那天我听了一位专家讲的阅读课，她说小学阶段不管孩子看什么书，只要孩子看，你就应该笑。所以，我不知道我脑袋里面想的是什么，为什么我会局限在条条框框里面。

陈瑜　　因为把满足自己的虚荣心看得比孩子未来的幸福更重要一点？

H　　应该是，说白了，就是很自私，就是希望孩子能够给自己长脸。

陈瑜　　他凭什么要给你长脸，对吧？

H　　是，陈老师，您刚才说的那段话——按照我目前的教养方式，我的孩子很可能会往两个方面去走——我会记下来，反复告诫自己，这个我一定要狠狠地记住。

陈瑜　　我可能话说得比较重。有时候我会觉得，对爸爸妈妈不说一点重话，他们醒不过来。我经常开玩笑说，现在的家长简直需要"威胁"和"恐吓"。

H　　真的！对于我也是如此，我上的亲子教育课的老师也跟我说过："我看你是不见棺材不落泪，没看到后果，你都不会改。"但是他说得没那么清晰，您就很清晰地告诉我，继续这样下去，孩子的未来不会超过我，而且更重要的是孩子的心理状态会受到影响。

陈瑜　　就像你说的，你什么都明白，只是我今天描绘得更具象化一点，可能会让你警醒。

这么好的孩子,你要给到他自己成长的自由和空间,配合着让他自己去找学习的节奏,而不要总是冲在第一线。你每次冲在第一线,都是在破坏他的自主性。

H 嗯。

陈瑜 人都是有一种逆反心理的,有时候,你越催他早做作业,他就越想拖,因为他的自我被压抑了。到最后会发展成只要是你给的建议,哪怕是合理的,他也一律不听,你们将很难建立合作关系,那肯定不是你想要的。

四年级很关键,等孩子真的到了青春期,会更难处理。所以,你抓紧调整自己,学习信任孩子。

H 好!非常感谢您的建议,我会努力去改变。

No.

3

"小学四年级拿下大专文凭,
但女儿越来越孤僻,
没有一个朋友了"

父母档案

姓名: C

身份: 爸爸

概况: 女儿读五年级,已经大专毕业,在备战研究生考试。自考之路让孩子以火箭般的速度拿到了大专学历,但可能也让她错失了更多。

"一直想回避中考、高考，所以女儿四年级上学期拿到了自学考试专科毕业证，现在主要是备战研究生考试，兼顾学习本科课程。

小学生学习大学课程，教育界一直是反对的，我也很纠结。

女儿在班上很不合群。据孩子自己说，自从自考以后，她在班上没有一个朋友了。上学期她在家里待了一个月，没去上学。我心里总隐约有些不安……"

C打完一连串的字，发来他女儿的毕业证和成绩单，学位证书上贴着一个"10后"女孩的照片，脸庞稚嫩。小姑娘花了两年半的时间，通过了一所211大学汉语言文学专业的所有考试。

我再三跟C确认他女儿是不是超长生，他说女儿其实资质平平，幼升小时面试当地民办小学"惨遭淘汰"，现在的成绩"在班上属于中上"。而他一直担心孩子将来考不上高中，所以为她另外铺设了自考这条路。

在女儿的学业规划上，C特别强调时间节点，希望可以尽可能地对抗未来的不确定性。这样的雕琢，会把孩子引向何方？对于很多问题，他回答说："我也不知道。"

– 01 –

陈瑜 女儿上小学之前，和其他小朋友的关系怎么样？

C 还好，幼儿园老师反映，她比较安静，喜欢坐在那里看书，也不太爱跟小朋友玩，但是她也有几个比较要好的同学。她喜欢阅读。我一般每周带她去专门的儿童阅览室借书，给她养成了习惯。她是班上唯一把幼儿园所有的书全部看完一遍的小朋友。在那个阶段，我没有太过于关注孩子的学习，也没有给她报培训班，没有给她任何压力。

陈瑜 进入小学后，小姑娘适应得好吗？

C 一年级上学期期中考试以后，我发现一个问题，她作业要做到9、10点钟。我们当时就不太理解，怎么一年级的作业要做到这么晚？那时都是她妈妈在管，后来我接手了，就要求她在我6点多钟回家之前搞定作业，做不完也别做了。

我开始直接教她，只教数学。当时我的想法就是，小学学的东西不是很多，成绩没有那么重要，只要一般般、过得去就行了。但是我自己不是老师，完全不懂教育这一块，我就有点乱教，跟填鸭似的。当时我买了苏教、人教两套教材，就让她去提前学习课本，填得有点快。

陈瑜 效果好吗？

C 7 个月的时间，小学数学两套教材总共 24 本课本，我让她做完了 23 本。

陈瑜 也太快了吧！

C 不是我想要做到这个份儿上，而是我也不懂，只是觉得知识点可能比较重要，就让她自己去做题。我不想抓难题，书上的题目应该是最简单的，这样的话她也没有太大压力。这样学习了以后，她在学校里的数学考试中连续拿了十几个满分。一年级下学期的时候，她还帮五年级的同学做作业。但是有个最大的问题——老师说她上课不愿意听讲，她说她都会，老师也从来不批评她。

后来，她希望我买一堆语文课本让她提前学，我不同意。我觉得数学已经毁掉了，语文就不能再毁了。我就给她另外选了一套不是教材的书，让她自己学一学。

陈瑜 小朋友为什么会主动提出要一套语文教材？

C 唉，提前学会促进成绩的，孩子可能也比较在意成绩吧。

陈瑜 这也是为什么你会让她从一年级的暑假开始进行自考学习，因为语文自考学的内容和学校里教的是没有关系的？

C 对，是的。

- 02 -

陈瑜 你让女儿去参加自考,有明确地对她讲过这个考试是怎么回事、需要付出多少努力之类的吗?

C 她妈妈是很反对的,因为她觉得根本考不过。我觉得可以试一试,就当报兴趣班让她学一学。我看教材也挺不错的,编者都是博导、大师,选的都是经典文章。至少能让孩子有一点印象,能让她多认点字也不错,也没指望她能考到什么样子。

暑假买的教材,然后到 10 月份她第一次参加考试。当时报了三科,她考过了一科——现代汉语,我觉得已经很不错了。

陈瑜 孩子才学了一年多的小学语文,怎么就能自考通过现代汉语考试了?

C 我也特别惊讶。然后到了二年级下学期,她一次过了 4 科,后面就比较快了。

陈瑜 她要花多少时间去学?

C 当时我考虑小学数学已经学完了,至少成绩能维持住,不会差。语文嘛,现在在学自考,也不会太差。所以,我跟她讲,学校作业你就不要让我看了,我就不管了,给它们扔在一边,把所有的时间全部用于准备自考。

陈瑜 具体花了多少时间呢?

C　　　时间比较长，每天要花四五个小时。

一般是这样：白天她先上一天的课，然后我大概晚上6点回家，让她先去睡觉，7点起来，7:15开始上自考的网课，上到10点。结束以后，再回顾一下，差不多就要到11点了。

陈瑜　　小孩子吃得消吗？白天上课，晚上还要上课，她反抗过吗？

C　　　她觉得自考学习的内容比学校学习的内容要有趣多了。其实参加自考的学生，一般基础是很弱的，所以老师讲得很浅显，就是讲故事，她觉得挺有意思的。

陈瑜　　你和她妈妈有没有过顾虑，小孩子正在长身体，是不是睡得太晚了？

C　　　我考虑过这一点，她也挺累的。

直播课没有办法减少，因为可以跟老师互动，这个将近3个小时，我是要保证的。所以，我回来让她先睡觉，睡到上课之前，边吃饭边听课。如果我不让她睡的话，上课她就要打瞌睡的。我的宗旨就是，她什么时候学困了、学累了，就去睡觉，我觉得没有必要去压进度。

陈瑜　　除了在学校学习，还要应付自考，一门又一门的课程要上，孩子有压力吗？

C　　　反正她挺享受的，因为她去线下考试的时候，都是跟大哥哥大姐姐一起。

陈瑜　　人家看到她是不是惊讶死了，这么小的小学生都来自考了？

C　　　其实也没有，她第一次参加自考的时候，教室里还有一个小学生，他是从三年级开始考的。我跟他外婆聊天，她说那个小男孩连培训班都没报，特别牛，每次报哪几门，都是由孩子自己说了算，而且逢考必过，真的很厉害！

- 03 -

陈瑜 我有一个疑问——她这样的学业安排，就不太有时间跟小朋友玩了吧？

C 她现在和同学没有共同话题，这是最大的问题。

我记得一年级的时候，她学得很快，很喜欢炫耀，去考比她大好几岁的哥哥姐姐，问"这个题目你会不会做"。刚开始她可能有点新鲜感，能考倒几个人，后来她说反正大家都不会，也没什么好聊的。同学们经常一起上培训班，会在一起玩小游戏，她都不会，所以越来越跟大家找不到共同话题。

陈瑜 她第一次跟你说和小朋友玩不到一起，是在几年级？

C 差不多是三年级的时候。

一年级时，她跟同学关系还好。到了二年级，她可能在学校里比较张狂。老师当时把我们叫过去，说她是班上的大姐大，大家都不敢惹她。她成绩还可以，老师从来不批评她，她感觉老师比较照顾她。

陈瑜　老师的照顾，如果是基于孩子成绩好，那很可能老师越偏袒，她越容易遭到同学的排挤，因为同学内心会觉得不公平，会觉得你女儿是老师的人，所以某种程度上对她并不一定有利。

C　是这样的，是有这个意味。

我不知道是因为学业负担太重，还是其他原因，反正她脾气也可能不太好，再加上跟同学没有共同话题，就跟大家渐行渐远了。

自考这条路，她能考出这个成绩，我想就让她走下去，没想过中止。我考虑到可能会有负面影响，但是没想过会对将来怎么样，就想先让她把专科毕业证拿下来再说。然而等到毕业证真正拿下来以后，基本上很多东西已经不可逆转了。

她四年级上学期考下来最后一门，拿毕业证需要学校盖章，当时班主任就带着她去找校长。老师们刚开始半信半疑，后来盖完章，这个就坐实了。

可能有些家长就要自己家孩子向她学习，她同学便有点瞧不起她，会打击报复，想办法挖苦讽刺她。有时候，她考得不好或者某道题不会做，同学就会说："大学生都不会做！我们又超过大学生了！"

陈瑜　哦，这话听着不好受。

C　她那个时候英语成绩不太好，我们就开始抓英语，选《新概念英语》作为教材，做题，听课，背诵，默写。

刚开始，她很抵触，不知道是不是因为很多同学跟她讲，她永远学不会英语。她跟我说，英语老师在班上都这样说："她那是语文专业的大学毕业，不是我这个英语专业的。"

陈瑜 老师这样说哦。

C 我们一直鼓励她，说别人从幼儿园就开始上英语培训班了，她一直没有上，所以她没有别人花的时间多。她考倒数第四，说明她没有那么聪明，别以为拿下专科学历，就证明自己很聪明，她还是要花时间学。另外一方面，我跟她讲，语文跟英语都是语言学课程，只要她肯花时间，就一定能学好。

后来花了更多时间，她的成绩就上去了。她跟我说，有同学说她永远考不上 90 分，后来她考到 94 分以后，就要求那位同学跟她道歉。现在她比较有信心，可能对学英语不会太排斥了。

- 04 -

陈瑜 当时拿到专科文凭，小姑娘是什么感受？

C 没啥感受啊。

陈瑜 没有非常骄傲或者很得意吗？

C　　自考考这么久,已经麻木了吧。她是一科一科过的嘛,只不过最后全部课程通过,去领个毕业证而已。

陈瑜　你是什么感受?

C　　其实我当时让孩子选自考,是考虑到了一个问题——我看了很多新闻,讲很多孩子压力过大,跳楼自杀。

我个人觉得我们家孩子也是普通孩子,中考要考这么多课程,她不可能都会。我自己中考考得不怎么样,没考上重点学校,成了一个普通的人。然后我还比较了一下我们市的人均收入,我觉得现在孩子的成绩,更多的是拿培训费砸出来的。比来比去,我就很绝望了,觉得我家孩子如果去参加中考的话,考上普通高中的可能性不太大。我觉得算了,给她多找条路吧,在小学阶段还是有机会去试一下别的路。

我读研究生的时候,带过自学考试的面授班。我当时也是现学现卖,班上同学基本上都能及格,没有那么难。而且,自考还可以考研。我就想让女儿试一下,行就行,不行也无所谓,回头还来得及。

我当时想的是,如果跟别人不一样,就不会太焦虑,孩子有多方面的选择,应该就不会走极端了。就算她中考考得不好,又有什么关系,对吧?另外,我觉得这是一条创新之路。敢于走别人不敢走的路,在将来知识经济的社会环境下,是不是可以给她的人生一点小小的启发?我考虑的主要是多给她提供一条路,我不希望有什么悲剧发生。

— 05 —

陈瑜 女儿是什么时候提出不想去学校读书的？

C 今年5、6月份的时候，她跟同学关系不好，就想换一种方式。当时孩子在学校要学习，晚上又要学习，真的是非常累。我就想要不要休息一个月，试一下回家学。

我当时注意到新闻里有一些小学生自考考研的案例，他们中的很多孩子并没有去读书。像14岁考上北京大学研究生的W，他实际上小学就读了一个多月。包括17岁考上博士的H，小学毕业以后没有去上初中，他也是在家里学。然后我去问老师，老师建议我们还是要让孩子去学校上学，还是要让她跟同学打交道，所以我就给她一个月的期限，跟老师请了一个月的假。

陈瑜 哦，这是你的主意。

C 她自己也不想去，她也提过好几次不想去读书，她说跟同学相处没有意思，下课就坐在那里，也不跟同学玩，上课又比较困，会打瞌睡。这可能是因为她睡觉比较少，这个也怪我。

她专科毕业以后，我让她继续学本科课程，然后我又督促她学英语，现在的学习任务比之前的还要重，感觉她也挺累的。

陈瑜 孩子在家里这一个月是怎么度过的？

C　　　我不太管她,早上很早把她拉起来背英语,然后我就去上班,白天我也管不了。

陈瑜　你既然白天管不了她,为什么让她在家里呢?

C　　　白天她可以在家睡觉,晚上我回家肯定要让她学习的。

陈瑜　由此是不是可以推断,你觉得自考以及你的安排要比在学校学习更好一些,所以你会让她放弃学校这一块?

C　　　目前来说,我没打算放弃学校这一块。我的初步想法是至少让她读完初中,最好是读完初中再去考研究生。我个人觉得义务教育阶段的学习内容还是很不错的,能给孩子们打下基础,物理、化学、生物还是要去学一下的,不能一味地盯着学历。将来的事情谁知道呢?社会变化太快。我宁愿她晚两三年考上研究生,也希望她把通识教育接受完。

陈瑜　听起来有些矛盾:一方面你想要孩子接受基础的通识教育;另一方面你又觉得孩子在学校太困了,还是应该回来多睡觉,然后起来完成你布置的学习任务。

C　　　是的,我是觉得通识教育重要,但是她的身体是不是更重要?那怎么办?我也不知道还能怎么办。

陈瑜　有一个办法——自考不考了呗!那样她就可以晚上好好休息,白天在学校有精神学习了。

C　　　现在自考这一块,我给她降低难度了。之前是 60 分过关,现在我给她花了钱,报了助学班,理论上大概 40 分就可以过关了,不用像以前那样花那么多时间背书。

陈瑜　你能告诉我，为什么你会如此坚持自考这条路吗？专科考完了，现在又要她继续考本科。虽然你也看到了好多问题，但好像没有要停下来的意思，是吗？

C　是，我想学校教育和自学考试两条路一起走，觉得这样可能会更稳妥一些。

陈瑜　孩子在家这一个月，取得了你理想中的试验效果吗？

C　还好，我觉得首先她心情比较愉快，觉得在家挺好，回到学校英语考试也进步了。她不想再去上学，然后我强迫她去上学。

陈瑜　她现在读小学，你让她回学校，她也就去了。你有没有想过，将来到了初一初二，她死活不去了，你拿她怎么办？

C　我也不知道，其实我也是摸索着走，我总是让她试一下，看看是好还是不好。

- 06 -

陈瑜　知道女儿在同伴关系方面遇到困难，你做过什么事去支持和帮助女儿吗？

C　我们还是希望她可以和同学好好相处，就问她想跟哪个同学玩，然后把那个同学约出来一起吃饭。结果第二天她跟我说，下次不要约那个同学了，没意思。

陈瑜　你观察女儿和同学一起玩的时候，互动怎么样？

C　为了一些很小的事情就吵架了。

陈瑜　如果女儿是一个跟你没有任何血缘关系的孩子，客观来说，你觉得她的性格怎么样？

C　她已经不走寻常路了，我只能说，我看不懂了。我们觉得孩子还是有很多问题，所以我也小心翼翼地到处去请教，希望不要给她造成太大的负面影响。

陈瑜　什么负面影响？

C　其实在她二年级的时候，我就已经觉得她有些不合群了。我不知道如果她正常读书，会不会比现在更好。但如果她中考也是跟我小时候一样，没考好，甚至最后考上职校，我觉得可能结果会更难以接受。

陈瑜　你是不是对孩子的未来有很深的担忧和恐惧？我感觉你对待孩子像雕琢盆栽。

C　是的，您说得没错，因为我自己没有信心啊！目前这种考试环境，要应付中考、高考，我对她完全没有信心。我就只能让她走这种不寻常的路，我觉得这可能还是一条可行的路。

陈瑜　你说你当年中考没考好，考了个普通高中，但你后来不是也读了研究生吗？

C　我工作了很多年后才考的，考了好几次，考得也很差，也就是普通的学校吧。

陈瑜　你觉得自己当年在学习方面有很多的不如意之处？

C　谈不上，我觉得尽力就好。我现在回忆过往，觉得一个人尽力就好。每个人自身条件不一样，家庭条件不一样，不能强求太多。

陈瑜　但是因为你的忧虑和恐惧，你在孩子的教育方面施加了你的很多主观意愿。

C　对，确实在某种程度上，孩子也受到了我的影响。

陈瑜　你觉得她身上也背负着你传递给她的压力和焦虑吗？

C　我觉得这是不可避免的，我也觉得自己做得好像不太对，但是我不知道怎么才能让她好好学习。我会让她看关于高考的教育纪录片。

陈瑜　告诉她竞争是很激烈的？

C　对，大家其实都很辛苦。

— 07 —

陈瑜　你说孩子妈妈一直比较反对孩子走自考这条路，她主要反对什么？

C　她觉得我危言耸听。她刚开始抛出的言论是很多穷人家的孩子一样能读清华北大。我说，那种可能性很小。另外，她说你怎么知道咱家女儿中考考不上普通高中？我说等到那个时候就晚了。确实,我可能比较悲观。

陈瑜 我想追问一个问题:如果孩子没能考上高中,去了职业学校,如果她喜欢烹饪,毕业后成了一名非常好的厨师,在这份工作上得到了很多乐趣,在行业内的社会成就也挺高的,你接受吗?

C 我当然接受了。她要学厨师,我就让她学,她喜欢什么,我都支持她学。

陈瑜 那她没考上高中,也并不意味着天就塌下来了,对吗?

C 现在我的心态已经不一样了。现在的孩子天天都在比较,如果让她同时能有一条别的路可走,她可能就不会那么焦虑,不会去跟别人比吧。

陈瑜 很多时候其实是大人在"比",孩子受到了影响。

C 在她小学一年级的第一次家长会上,校长就直接说:"要考虑中考的事情了,你们在座的可能有一半的孩子是考不上普通高中的,大家要从现在开始……"不是我想怎么样,是环境就这样。我只是去避开一些风险,让孩子多一个选择,我是这样想的。

陈瑜 有不少孩子到了初中,会因为同伴关系不好而休学,假设你女儿出现这样的情况,你能接受吗?

C 如果孩子实在要休学,我会选择先让她转学,因为我觉得她还是要跟同龄人打交道。我现在无法下定决心,让她彻底坐在家里。

陈瑜　如果她转了三个学校以后，依然没有办法适应环境、交到朋友，那怎么办？

C　　就继续转呗，她在转学过程中会学会跟别人打交道。那个时候我也会跟她讲，怎么去跟人相处，或者让她去学习一些与人交往的知识。

陈瑜　如果你能教她的话，为什么不现在教呢？

C　　现在我不知道该怎样解决这个问题。她和同学没有共同话题，我确实也没有办法。

陈瑜　首先我不觉得她在不停转学的过程当中会改善人际关系，相反她有可能在社交上变得更加困难。我们进一步假设，如果转到第八所学校，姑娘说她再也不要去了，你会怎么办？

C　　我也不知道该怎么办，我只能让她坐在家里。

陈瑜　再则，如果学习阶段勉强度过了，孩子如愿取得了大学本科学历、研究生学历，然后找到了一份工作。但是在职场里，她很不受欢迎，和同事之间没法儿建立融洽的合作关系，那要怎么办？当然，她可以跳槽，但跳到最后，她又只能坐在家里了。到时你反过来再看她走的这条路，你会怎么评价？

C　　我个人觉得，情商这个东西也是可以习得的。接受不可改变的，去改变可以改变的。将来她进入职场，我也会抱着这种态度，想办法帮她去解决问题，如果实在不能解决，也只能听之任之了。现在这条路已经走成这个样子了，沟已经挖出来了，只能这样走下去，再想掉头的话就很难了。

陈瑜 为什么我们不可以拐弯、不可以倒退、不可以掉转方向呢？

C 我看到的新闻中，那几个十几岁通过自考考上研究生或者已经毕业的孩子，目前没有什么负面消息。他们基本上在学校的时间很少，甚至没有上课，但是他们在读研期间还是比较快乐的。

陈瑜 根据一条新闻去判定一个人是否幸福快乐吗？

有可能这条路有 1000 个小孩在走，走出来两三个，他们在金字塔尖被人看到了，但很多孩子可能在这个过程当中付出了惨痛的代价，却悄无声息。

C 嗯，幸存者偏差。

陈瑜 在规划女儿的学习方面，你自成体系，我不知道你能不能有一些更具开放性的选择？

C 我一般是定节点的。

刚开始，我不知道她四年级能拿下专科毕业证，计划的是如果小学拿不下来，我就放弃。第二个节点是中考前考上研究生，如果拿不下来，也放弃，正常读高中。现在重新给她定的节点，就是希望她在小学时做考研的英语试卷能得个三十几分，达到最低线，如果没有做到，那就算了，就先正常读初中。

陈瑜　一个孩子在 18 岁以前,除了成绩,还需要具备很多其他方面的能力,而那些能力需要时间、空间、环境去养成。你对女儿的规划里边,有没有除了成绩之外的内容?

C　您指哪一块?

陈瑜　从人的角度,除了成绩,你还看重什么?

C　这是我比较欠缺的,我着重培养她的自主能力,希望她自己提出想法,我不给她做太多决定。

陈瑜　你觉得你属于不给孩子做太多决定的家长吗?我感觉你对女儿的打造,是非常多的。

C　现在她已经取得了专科毕业证,后面的路已经走通了,可以直接高考。选专业的时候,我就不管她了。

陈瑜　这就好比说,你把她栽在一个花盆里边,跟她说花盆是她的生存空间,她可以选择往左长一厘米或者往右长一厘米。你有没有想过让孩子放弃本科自考的学习,给她腾出更多的时间,让她做这个年龄的孩子该做的事情?

C　该做什么事情?现在好像在外面玩的小朋友很少,我也没想到能让她去玩什么。

陈瑜　你给她充足的时间,她可以去寻求自己喜欢的娱乐方式,可以去看自己想看的书。包括她从来没有打过游戏,她也可以尝试一下,可以去发现新的兴趣和爱好。

这些的前提是,她要有时间!如果按你这个方式去设计孩子的人生,可能孩子在 15 岁的时候会跟你说:"你毁了我的童年!"

我有两点建议,供你参考:第一点,你要去深挖一下,是什么让你如此恐惧,它可能跟你的成长环境、人生经历有关,但这些不应传递到孩子身上,让她来背负。你现在把她的人生变成了一项项 KPI(关键绩效指标),以此来构筑你的安全感,这对她是不公平的。所以,你的观念要调整,重新看待成绩、学历、社会地位,让自己变得能够接纳未来的不确定性——这些是你要做的功课。

第二点,把时间还给孩子,让她成为一个"正常"的小孩。对于真正天赋异禀的孩子,未来要去摘取学术桂冠上的明珠的人,的确应该提供更适合他们的超长生教育。你女儿是资质寻常的孩子,却要在十几岁通过自考获得研究生学历,这意味着什么呢?家长把孩子变成一个自己设计的产品,她又要为此付出什么代价呢?

刚才问过你,除了成绩,你还看重孩子的什么。这个问题你似乎没有多加考虑。可能现在是时候沉下心来好好想一想了:在学习之外,你的女儿缺少什么?

No.
4

孩子读不好书,妈妈无比焦虑,
连扇自己十几个巴掌……

父母档案

姓名:小新

身份:妈妈

概况:儿子上五年级,因智力原因学习非常吃力,成绩垫底。为了让孩子活得有尊严,不被老师、同学贬低,她耗尽心力拖着娃拼命追赶,焦虑到不能自已。

"当妈妈这么多年,我的耐心已经磨没了,该怎么办?"小新给我发来求助信息时,正值暑假。她在电话那头痛哭,问我:"陈老师,完蛋了,我儿子完不成暑假作业怎么办?怎么跟老师交差?这个月我大姨妈也不正常了,快要开学了,我焦虑得要爆炸了!"

小新的儿子在幼儿园时测过智商,得分69,这可能与他刚出生时患有轻度脑外性脑积水有关。医生认为孩子智力属于低下水平,建议他读特殊学校,但小新查了资料,说智商测试不一定准,她觉得自己的孩子没问题,顶多比别的孩子学得慢一点。

学化妆的小新把开一家影楼的梦想深埋在了心底,多年来专心看护和陪伴孩子。但当孩子上了小学之后,周遭环境不允许他像小蜗牛那样慢慢爬。小新扛不住压力,拽着孩子一脚踩上风火轮,飞速地运转起来,像被施了魔法……

- 01 -

小新 我整个暑假都好焦虑，孩子那么多作业写不完怎么办？我告诉他："这是你的任务，你要自己完成。"但是我又觉得这些任务他根本就完成不了！要写 15 篇作文、15 篇日记，还有 40 篇整篇的摘抄，太可怕了！

我又不能替他完成。每次叫他去做作业，他就很不开心。只要不叫他做作业，叫他帮妈妈洗碗、洗衣服，做任何事他都愿意。

我今年暑假原本有一个大胆的想法，带上一点钱，开车带孩子去农村郊游，让他去放松。但是周边有几个家长就很"卷"，一直跟我说："你不能这样。因为你爱玩，你的孩子才爱玩，心会玩野的。你应该请一对一的老师给他补课，趁着暑假让他赶上别人，不然开学之后，老师又会瞧不起你们。"

然后我就很纠结，就像被洗脑了一样，给孩子请了补习老师。所以这个暑假，他一直都在做作业，每天都是！我怕他开学时作业完成不了，我没办法跟老师交差。

陈老师，我想问您，开学的时候我可以为孩子撒个谎吗？我就直接跟班主任说："暑假的时候，孩子确实在补习数学跟语文，没有太多时间去做暑假作业，所以就只完成了一部分。"您觉得我可以用这样的方式去跟老师沟通吗？

陈瑜　孩子暑假一直在做作业，那他目前的状态怎么样？

小新　不耐烦。第一项作业他很积极地完成了，到第二项他就不想做了，可能一个小时就写两个字。

我就不断鼓励他，在外面两个小时给他打了5通电话。我说"你可以的"，一直正向引导他。在我自己心情很好的时候，我可以做到。可是当我自己有情绪的时候，我就没办法很好地陪伴孩子，因为他写每一项作业都需要我的鼓舞，没有一次是开开心心主动去做的。

这么多年下来，我也没有耐心了。陈老师，您知道吗？您能理解我这种……真的，所有的耐心都耗没了，真的很疲了。我很想说我们就放弃吧，六年级不要去了。

马上要开学了，我焦虑得要爆炸了！（哭）所有家长都在逼孩子读书，所以我不得不随波逐流，我没办法做一个很开明的家长。

我不知道目前我到底要怎么抉择。我每天都在数日子：完蛋了，马上要开学了怎么办？我儿子作业都没做完怎么办？开学怎么跟老师交差？就这样很焦虑，这个月大姨妈也不正常了。整个人都很敏感，别人一说我，我就觉得肯定是我不对，要回家反思自己。我受不了了，陈老师，我真的太内耗了，我也感觉看不到希望。（哭）

因为我是一个家庭主妇，我的核心就是孩子，我知道从孩子身上获得价值感，对孩子很不公平，但是我的价值就在于此。如果你只是在家带孩子，却带不好，你还好意思去玩吗？你还好意思放松自己吗？可是，我真的很想出去玩，我很想放松我自己。其实我很渴望去创业，很渴望成为自己，我很不喜欢做一名家庭主妇，每天只是带孩子。（哭）

- 02 -

陈瑜 在我们讨论怎么面对开学之前，我先问你几个问题。

小新 好的。

陈瑜 脑积水这个病，对于孩子的发育到底有什么样的影响？

小新 严重的肯定就是脑瘫，我们住院时就是在脑瘫科，轻微的话就是语言发育迟缓、智力发育迟缓、运动发育迟缓。

孩子生下来60多天确诊之后，住院治疗了整整一年。他语言跟运动都不差，但是智力会稍微差一点，数学理解得比较慢，空间感不是太好。比如我叫他去找一个东西，要形容三遍他才能懂。

他写字也是非常慢。别人一眼能看5个字，他一眼只能看一两个字，所以他摘抄会非常久，别人摘抄20分钟的作业，他要摘抄一个小时。

我一直觉得我的孩子是一只蜗牛，只要不停地学习、努力，以后慢慢会变好，但是学校老师不承认这一点。他们很会给我制造焦虑，一直把压力压在我身上，所以我才跟孩子拉扯这么多年。太难受了！

其实他上幼儿园的时候挺开心的。他长得萌萌的，很可爱，老师对他还蛮宠爱的，孩子也挺喜欢在学校表现，还是很自信的。

我完全没想到孩子读小学以后，我和他的人生会发生这么大的变化。我没想到学校都是用成绩衡量孩子的，他在小学里面这么不被人待见。孩子说："本来在幼儿园开开心心的，你干吗让我来读一年级？"

我没有心理准备，也没有认清孩子的真正情况。我对孩子真的很残忍，总是以高标准去要求他，什么兴趣课都给他报，学不会就打他骂他，甚至把他从车上赶下去，把他从家里赶出去。

陈瑜 我很好奇，你知道孩子由于生理原因，智力水平相对低一点点，为什么一年级的时候还对他要求这么高？

小新 一年级的时候，孩子成绩还不错，有九十几分。所有作业都是我亲自教他的。每天我盯着他写作业，字写得不好，我就打他，孩子可能觉得自己处在一种高危的状态。

每个周末他比所有孩子都辛苦。我给他报了很多兴趣班，还会给他多买一套练习题。如果没有多做练习的话，我会归一本错题本，给他讲到他懂、能重新做对为止。

他一年级时，我是很认真地督促他才让他达到这个成绩。

我认为我的孩子已经跟别的孩子一样了，但那个时候可能把他的精力和耐心都用完了，我的也用完了，我们双方都没发现。

到了二年级，孩子半夜就会起来哭，可能是焦虑症引起的睡眠障碍，后来吃了一些药好了。

三年级的时候，我就不敢再逼他读书，把所有的兴趣课也都暂时放下了。我也累了，没有心思再去经营孩子的学习，我也想去实现一点自我价值，所以去开了一家奶茶店。

那时孩子是过得很开心的，成绩中等，学校老师也没有过分在意孩子的成绩，也没有投诉他。

然后四年级换了一个非常严厉的老师，孩子成绩就变成40多分了。我对孩子的要求是他健康快乐就好，但是学校老师一直要我逼他读书。每天接到老师的投诉，我的焦虑情绪一下子就被调动出来了，自责在他三年级时我没跟好。

他四年级开始恶补。我又给孩子压力，经常打他，敲他手、敲他脑袋，要么就把自己关在房间里面哭得歇斯底里。我甚至会讲一些很不好听的话，说他很失败，导致现在孩子有点自卑。

五年级，我觉得不能再这样下去，给他转了一个学校。新学校宣传说比较重视素质教育。我也跟班主任说过孩子的情况，但老师对孩子仍旧不是很友好，还经常对孩子说："你转到我们班来拖什么后腿？成绩不好，你就不要来我们班了!"

为什么一定要逼他读书?我不能理解!我的儿子是考 20 分还是考 50 分,对我而言是没有任何区别的,除非说他原本考 20 分,努力后能考到 80 分,对不对?

他每天晚上做作业都要做到 11 点。一个小学生每天晚上做作业做到 11 点,他的人生、他的童年有什么意义?我不懂!(哭)别人的孩子都去睡觉了,我的孩子还在写字,没用啊,他写到天亮也还是考二十几分啊!

陈瑜 孩子平时除了学习和上兴趣班,还有玩的时间吗?

小新 非常少,周末可能最多玩半天。年复一年,他真的是高强度在撑。去年期末考,他可能紧张,就直接发烧住院,手脚抽搐,口吐白沫。

五年级下学期,从开学一直到暑假前一个月,他都在生病,不是拉肚子就是发烧感冒,我一直觉得是跟学习有关系。他压力很大,肯定吃不好,为很多事情焦虑。

陈瑜 虽然你说不在乎孩子的成绩,但在老师给的压力下,你还是会要求孩子?

小新 是的,我的焦虑情绪很容易被调动,我不知道怎样的陪伴才是有效的,不知道到底是要逼孩子读书,还是说就这样……有很多疑问。

很多人会告诉我说,"就是你不够好,你要一直跟着他"。可是我也不是老师,我也不知道用什么学习方法教他。您说对不对，陈老师？

其实我不知道孩子那个时候已经对学习失去兴趣，在学校也不开心，所以他回来选择性地撒谎，不做作业或者少做作业。我认为这是学习态度问题，就真的生气了。

我把他的情况跟闺密讲，闺密说"你的孩子就是欠打"。也不是因为她怂恿我，我是真的不知道用什么办法了，就用充电线狠狠地打了他一次，还把他赶到门外，然后把门关上。其实打他的时候，就像在打我自己一样。

陈瑜	你这么打孩子，孩子是什么反应？
小新	孩子很爱我，他说"妈妈，你不要再打我了，我怕我会还手"，然后他跑到邻居家去了。
陈瑜	哎哟，好心疼哦，孩子这么说。
小新	心里很难受。（哽咽）

今年我打过他一次，打过我自己两次。

我本来自己有一份事业。因为孩子，我没办法兼顾工作，所以选择回归家庭。平时孩子去读书的时候，我很喜欢出去玩，喝下午茶，放松自己，我不敢一直待在家里面，我会乱想。

我朋友圈可能会发得比较花里胡哨，老师能看到。如果孩子的作业又没有完成，老师就会当着全班同学的面批评孩子："你不是一个好孩子，你的爸爸妈妈整天就知道吃香的喝辣的、游山玩水！"

孩子第一时间打电话给我，就一直哭。我问他怎么了，他就说老师侮辱我，把原话转达给我。我当时觉得孩子很爱我、维护我，就跟他说："你觉得妈妈是这样的人吗？"他说："当然不是啊，你很辛苦啊！"我说："妈妈如果在你心目中不是这样子的人，就没有关系。老师说的话不一定是对的，但是你要尊重老师，因为她的出发点可能是好的，只是表达方式不对。"

那天是 5 月 5 号。一直到今天，我都非常焦虑，每天都想哭，我真的太难受了！

后面他又开始撒谎，说他作业做了，其实没做。被我发现，我就打他，也打我自己。我当时觉得自己有一点控制不了自己，狠狠地打了自己十几个巴掌，第二天脸都肿了。

我情绪很激动。我老公很疼我，过来抱住我。我全身发抖，就一直跳，然后乱吐口水，跟我老公讲："我真的控制不了自己。"（哭）

陈瑜 啊。

小新 （哭）孩子在房间里面做作业，他一直哭，然后大吼了一声。我一下子恢复了理智，觉得我吓到孩子了。

我开车到一个没人的地方，一直哭，一直哭。我真的很希望老师不要那么在乎我孩子的成绩，没有关系的。他就算是一个废物，我也可以养的。我真的太难受了！

陈瑜 唉，真的是。

小新　　我总觉得肯定是我不好，孩子才会这样，可是我不知道怎么让自己变好。很多孩子根本没有爸爸妈妈管，他们一样读得很好啊，所以原因真的在于我吗？如果在于我，我也一直在改变啊，一直在努力啊，我就差没有去学校坐在他边上陪他读书了。（哭）

陈瑜　　是挺矛盾、挺痛苦的。那爸爸在孩子教育方面是什么样的态度呢？

小新　　爸爸非常忙，他对教育这块都不懂，毕竟他只是初中毕业，是做海鲜行业的。他就是一个普通的爸爸，一直觉得孩子没问题，觉得是我们有问题。他很爱孩子，也很爱我。他一点都不焦虑，没有任何焦虑感。

陈瑜　　他为什么能做到不焦虑？

小新　　我觉得一方面可能是因为他有自己的事业，能体现自己的价值；还有一方面原因是，他一直坚信自己的孩子没有问题。我老公性格就是这样子，什么都能接受。

陈瑜　　你有这样的老公是好的，如果老公也焦虑，你们两个人都焦虑，那孩子肯定就扛不住了。

- 03 -

小新　　我现在对我孩子的愿望，就是他一定不要出现像您的《少年发声》那本书里面那些孩子一样的情况，我真的会很心疼。四年级的时候，有一次我逼他做作业，他在房间里面就用指甲掐自己的脸和手，我就觉得孩子可能有这方面的倾向。这次期末考，我去接他，在电话里我问他考得怎么样，他就这么说："你不要阻止我想不开。"我马上开车到校门口去找他，打电话过去是关机，那一刻我真的疯了，老师您知道吗？（哭）

然后我打电话给班主任，班主任说孩子不在教室。我以为孩子是故意关机的，结果是手机卡坏了。当时我真的被吓到了！我就这么一个孩子，我真的被吓到了！

他告诉我说："妈妈，我们班有个女生跟我说，她有轻度抑郁症。什么是抑郁症？她说她要跳楼，她说老师把她逼得很紧。"

我孩子问她："难道你爸爸妈妈不爱你吗？"那个女生说爸爸妈妈爱她。"爸爸妈妈爱你不就得了嘛，你还干吗要死？"我孩子是这么安慰她的。我说："如果你能让她打消这种想死的念头，你也非常厉害！"

我孩子其实非常纯真，但是他跟小伙伴的关系也不是很好，到今天也没有一个真正的好朋友。他情商比较低，也很幼稚，理解不了别人的意思，12 岁了，可能只有相当于 9 岁的心智。

别人不跟他玩，经常会对他说一些侮辱性的话，比如说

"你是渣渣①""你是傻子""你是最后一名"。他太在乎别人对他的评价了。

陈瑜 小孩子对自己考最后一名是怎么看的？

小新 他会用成绩衡量自己。在交际过程当中，他觉得自己配不上好的朋友，总是讨好一些他认为的好学生。这一点是我做得不到位，因为之前我说过："如果不好好读书，你就交不到优秀的朋友。"我错误地引导了孩子。

其他孩子也觉得他是一个转学生，本身就不读书，再加上老师又长期批评他，肯定都不喜欢他。别的家长可能也有偏见。

我能看到孩子在讨好别人，别人不理他，我很受挫。这是我最受挫的一点。

陈老师您知道吗？我真的很受伤，因为我孩子只是不会读书，情商稍微低一点，但他是一个非常善良的孩子。他很喜欢动物，很喜欢接触大自然，给他买一条小鱼，他可以看上一整天，还会上网查小鱼的资料。我能感觉到孩子非常热爱大自然。

陈瑜 这也是现在教育的一个大问题，无论是老师还是家长，很多人会用成绩这一杆尺子去量所有的孩子，好像成绩不好，这个孩子就什么都不好了。这特别不公平。

小新 别人对他的偏见，造就了他的讨好型人格。他敏感、自卑，

---

① 汉语方言，此处指能力差、水平差的人。——编者注

然后就变焦虑了，这都是太看重成绩带来的后遗症。

社会风气就是这样子，如果你有能力，哪怕你没有道德，也不会受到严惩；但是如果你没有能力，你不会赚钱，别人就会把很多问题归咎于你。

我跟孩子说，我们没有办法改变社会，能改变的就是我们自己。他说："妈妈，我真的没办法吃读书的苦。"我说："你可以的，读书的苦是人生当中最小的苦。"但是我觉得其实这样讲，对孩子很残忍，因为目前对他而言读书的苦就是最苦的，他哪里还会想到生活的苦。

陈瑜 读书的苦，他已经承受不了，你还说这是最小的苦，那他以后活着的意义在哪里呢？

小新 是啊！他前天晚上写一篇作文，写了两个半小时，是写得很好，确实也达到了我的要求，孩子自己也很开心、很满意，但是我觉得没有什么意义。如果他用这两个半小时去阅读、去玩玩他的小鱼，不是更开心吗？收获不是更多吗？

我不知道接下来我该怎么面对孩子，不知道未来的路该怎么走，我很纠结。

- 04 -

陈瑜 我们一起来看看对于未来的路，有什么可行的方案。

首先我想问你，你培养孩子，最在意的是什么？

小新 我最在意的肯定是他的身心健康。孩子心态比较好的话，以后在生活当中遇到很多事情，自己能去化解。然后第二个，我更在乎孩子的价值观。

可是在孩子上三年级以前我不是这样想的，以前我很在乎孩子的成绩，望子成龙的心态，我的孩子必须什么都要争个厉害。后面我自己看书、学习，知道了要接受我们就是平凡人。先接受，然后接纳。

挺难的，陈老师。（哭）

陈瑜 理解，那孩子现在身心健康方面怎么样？

小新 他在家没问题，出去可能还是会比较自卑、敏感。

陈瑜 好，那你现在对孩子未来的规划，依然是小学毕业读初中，然后中考，奋力考上高中、大学？

小新 以前我是这么想的，但现在我心里已经放下了。如果他初中毕业，有喜欢的专业，我无条件支持。他对音乐还蛮感兴趣的，从小学习弹钢琴，如果能当一个普通的音乐老师，我觉得很好，然后我再给他开一个机构；如果孩子需要创业，想法是合理的，我也会给他准备一笔资金，或者让他继承我们家里的海鲜店……他有很多条路可以选，不是只有读书这条路。

陈瑜 我觉得你说得特别好。那我问你，你看到他前方有那么多条路，你现在还着急什么呢？

小新　我害怕的是他因为不会读书而自卑、自我否定，没有朋友，然后他将自卑的性格带到工作当中去，那他的人生就真的要完蛋了——这是我最焦虑的。

陈瑜　我明白了，其实现在最让你焦虑的并非孩子的读书问题。相较于开学以后你怎么去跟班主任解释孩子没做作业，你更担心的是孩子这样的身心状态会导致他以后没有办法获得幸福的人生。

小新　没错！

陈瑜　你认为他因为读书不好，所以现在变得比较自卑，你觉得解决自卑的方法是什么？

小新　首先肯定是提高成绩，至少不要做最后一名，咱们可以考五六十分，但不要考 20 分。

　　　表面上是这样的，但是深层次来说，如果我逼他读书的话，一定会物极必反。我力量不够，内心也会经常摇摆不定。

陈瑜　按照你的逻辑，解决自卑的方法是要把成绩提上去，这样别人才能看得起他，然后他才能不自卑。但是，这条路对咱们小孩来说可能走不通。为什么？因为读书是他的短板。

小新　没错。

陈瑜　你要拿他的短板去跟人家的长板比，永远比不了，所以我们要反过来去看，咱们孩子身上的长板到底在哪里。

　　　你刚才提到他喜欢动物，喜欢研究小鱼。我脑子里就有一幅图画：在一条街上，有一家爸爸的海鲜店，有一家妈妈的美容店或者影楼，还有一家儿子的宠物店——这是你们三个人都会觉得蛮开心的场景吗？

小新　对！我听了都觉得很开心！

陈瑜　好，你去问问孩子，他想在这条街上做什么。问出来的答案就是他的一个人生目标。他可能想开一家宠物店，也可能想开一家花鸟鱼虫店。你先去问他，他所认为的幸福快乐的生活是什么样子的，然后我们再来倒推，要达成这个目标，他都需要什么。

小新　好。

陈瑜　他可能需要有一笔小小的资金——爸爸妈妈会给启动资金；还需要一个团队——他自己是老板，要养一两个员工，所以需要有跟人相处的能力；他还需要一些基础的算账的能力；他还可能需要宣传的能力，在网络时代，老板还要会写小文章、拍小视频，要会做推广……问问孩子，这些是不是他愿意去提升的。

如果我是你，我就把所有的暑假作业收起来，现在就带孩子去疯玩，玩爽了再来规划。这个规划不是六年级怎么读，而是为孩子找一个适合他的初中。我说的合适指的是不要有那么强的学业压力，老师对分数没有那么在意。你甚至可以跟老师说明，我们孩子有这样一些情况，之前有过怎样的遭遇，我们希望学校能给他一个非常宽松包容的环境。如果孩子的成绩影响老师绩效考核的话，我们可以去跟校领导沟通，不让他的成绩计入班级平均分。

总之，腾出时间让孩子去做创业项目，去学习锻炼成为一家宠物店或花鸟鱼虫店的小老板。

小新 对！

陈瑜 你就让他去那些店里转一转，双休日去实习半天，做一些力所能及的事情，算个账，给别人介绍一下小鱼。

他会在他擅长和喜欢的领域得到非常多的肯定，而这些是他永远不可能在学习上得到的，更准确地说，是不可能在考试这件事情上得到的。

他在那些店里面打工也是学习。他通过适合自己的方式，把一件件事情做成，不断得到正反馈，会有自己在不断进步的感觉，他的自信才能够一点点地积累起来。这才是他自信的来源，而不是口头上叫他自信他就能自信的。

所以，让跟中考有关的一切见鬼去吧。你们家有一定的经济实力，是可以支撑孩子这样走的，孩子有选择权。很多孩子苦不堪言，家长没有能力，还要不断地逼孩子，这才是最糟糕的。

小新 陈老师，您分析得很到位，没错！我很害怕您讲到一半，会跟我说，让孩子想想他要具备什么样的条件，然后让孩子去感悟、去学习，我真的好害怕！

陈瑜 哈哈，我不会。

小新 因为很多人都会这样子，包括我听过一些课，讲孩子为什么不自主读书——因为家长没有给他一个目标。家长要鼓励他，给他描述一个令他憧憬的未来，然后他就会努力学习。我真的好怕，因为我觉得读书真的行不通。陈老师，您知道吗？

陈瑜　对的，对咱们孩子行不通，所以你要想好，孩子就要一张初中毕业文凭，义务教育完成了，然后就去做自己喜欢做的事情。而这四年间做什么呢？这四年就是把孩子的长板拉到最长，让他做自己最爱的事情，让他在未来能做的事情上面具备更强的能力。

小新　对。陈老师，所以说如果孩子不做作业，就随他去，而不是纠结他学习态度的问题，对不对？

陈瑜　不要纠结了，他题目做得比别人多那么多，还是只考20分，干吗还要再去做？

孩子有自己热爱的东西，这是很了不起的。你去问问那些考上名校的人喜欢什么，这辈子要做什么，他们不知道——那才叫悲哀呢！

小新　所以说，现在暑假他不做作业，我就不要再逼他了？

陈瑜　作业全都收起来，不要做了。你放过他，也放过自己。你可以跟他说，"暑假在妈妈的理解中就是一个假期，这些作业，你想做就去做，你不想做就放到一边，妈妈不逼你"。你们筹划一下，暑假接下来这点时间，要去哪里玩，将来你想开一家什么店，或者他想干一件什么事。

当他把情绪状态调整好了，可能对学习就不那么厌恶了。就是因为现在他所有的生活只有学习，都是他不擅长的，所以他的状态才越来越差。反之，状态好了，没准儿他不刷题，分数还提高了，对吧？

小新 对。

陈瑜 在这个过程当中，更重要的一点是你会开心。

小新 不用叫他做作业，我俩手牵手，真的可开心了，他跟我无话不谈。老公也很爱我，他有 10 块钱会拿 9 块 9 给我花，他说只要我开心就好。他还说以后我们也有能力养孩子，虽然钱不多，但是不会让孩子饿着。

我觉得可能是冥冥之中我自己想变好才会遇到您，您给了我很多的力量，让我觉得自己也没有那么差劲。

陈瑜 你抓住了最关键的东西，就是亲子关系还是好的，你醒悟得早。

他是个很好的孩子，虽然考试能力差了一点，但是有自己的兴趣爱好，为人善良，长得也很可爱吧？

小新 挺可爱的，老师，他挺帅的。

陈瑜 就是嘛。就因为考试能力差了一点，就否定他整个人吗？太不值当了，所以那条路咱们就不走了。

你说以后有这么一家店，老板是一个帅哥，还会弹琴，会写推广小作文或者拍拍小视频，很暖，很专业，卖给你的一只狗、一条鱼，他都很爱，你是不是会觉得这个老板很有吸引力?

小新 实际上,我也觉得未来会挺好的。

陈瑜 嗯,自己撑不住的时候来找我,不要再去逼孩子了。

小新 谢谢您,陈老师,我真的很感动,非常感动。(哭)如果有朝一日,孩子真的成为我们憧憬的那个样子,功劳一定有一部分是属于您的,因为您今天启发了我,给了我力量,让我坚信自己的想法是对的。

陈瑜 其实很多事情你自己是明白的,只是周边的环境一直在向你施加压力。

小新 没错,陈老师,我缺一个人告诉我说:"你按照你自己的想法去做,孩子不会读书也没有关系。"

陈瑜 嗯,那我最后跟你说:"没关系的,你的选择是对的,一切都会好起来的。"

小新 谢谢您,陈老师。(哭)

> 采访手记 | **绕到焦虑的背后，去看看原因**

焦虑的家长，自带某种"气场"，从表情、声音到体态甚至每一个毛孔，都透着一种"不够好""来不及""要完蛋"的信息。看着他们，我常常会代入自己：倘若我是他们的孩子，我能心神安宁地坐在书桌前学习吗？我愿意跟他们谈天说地吗？我会无所顾忌地在他们面前袒露所有情绪吗？遇到困难时，我会第一时间想要寻求他们的帮助吗？

不能，不愿意，也不太敢，因为我很难想象与一个焦虑不堪的人顺畅地沟通、愉快地合作，我的基本期待可能仅仅是希望他们学习成为一个情绪稳定的成年人，先把自己的问题处理好，不要对我造成太多无谓的干扰和负面的影响。

孩子们都用自己的方式表达过这层意思，但当父母完全听不进去时，他们只好自己采取行动，惯常的做法就是关闭房门，同时关闭心门。从某个角度来看，这也是孩子们隔绝父母的焦虑情绪、进行自我保护的手段。

那么敲不开门到底是谁的责任?在这些年采访了全国各地那么多家庭之后,在这个问题上,我大多会站在孩子的一边。

看过这一组的家长访谈,结合身边的各种案例,我们有必要绕到焦虑的背后,去看看更深层次的原因:

我们在家长们的种种焦虑里,可以看到他们的不安全感。任何一点计划外的"失控",都会引发他们的灾难性思维,比如今天看到孩子写作业有点拖拉,就会立马担心他明天成绩滑坡、后年考不上好学校、毕业找不到好工作、未来养不活自己,只能回家啃老……

我们在家长们的种种焦虑里,可以看到他们的比较心。他们无时无刻不在把自己的孩子与他人做比较。在他们的信念中,赢过别人才是价值感的来源。但要命的是,哪个孩子能在任何时段、任何项目中都胜出?"比较"注定是一场充满挫败感的游戏。

我们在家长们的种种焦虑里,可以看到他们的虚荣心。孩子的成绩、所在学校的排名,统统是他们在人前显耀的筹码。"哇,你们家孩子好厉害!"他们要的就是那一声惊叹。那些只是面子,如果回过头来看里子:你可曾在意过孩子学得开不开心,那所学校适不适合他?

我们在家长们的种种焦虑里,可以看到他们将自己未曾实现的人生理想加诸孩子身上,希望孩子代替自己去达成。至于孩子有什么兴趣和特长,他们统统视而不见,孩子冒出来的自由意志,他们也要想方设法扼杀。总之,他们觉得自己为孩子规划的蓝图,毋庸置疑是完美的。

……

凡此种种,都隐匿于一袭华美的袍子之下。袍子披挂在孩子的身上,叫作"都是为了你好"。但这袭华袍可没有看上去的那么美好。孩子到了一定年岁便开始激烈对抗、拼命挣脱,为什么?因为它挤压了孩子的成长空间。我更心疼那些挣脱不了的孩子,他们年轻的生命力被死死地压制住,反过来他们又被指责不努力、不上进、只想躺平。

我实在想不出家长弥漫性的过度焦虑对孩子的学习和成长有何益处,但焦虑带来的恶果却分明可见:

它会传染给孩子,还有可能会成倍放大,孩子不得已成了接纳家长情绪的容器;

它会蒙蔽家长的眼睛,让家长看不清自己的孩子,在非理性的内卷中盲目跟风,彻底迷失;

它会让家长失去对孩子的信任,不相信他们有过好自己人生的能力,阻挠他们成长,不肯放手。

"卷"意味着被裹挟,它会让家长们在风暴中丧失基本的思考能力和判断能力,到头来付出代价的却是孩子——向内把自己的自信卷垮了,向外把对世界的好奇卷丢了——那才是真正的灾难。

所以,要想成为好父母,首先,请把自己稳住。那问题来了:怎么才能稳住呢?

下一章,我们就来认识一群从容淡定的家长。在同样的大环境下，他们为什么能够那么稳？因为他们心里有盘算，行动有章法。

请你思考阅读本章之后，

请直面自己的焦虑，想一想：
你究竟在着急什么？恐惧什么？
这样的情绪状态对孩子造成了什么影响？
如果要进行改变，有什么好方法？

第二章

淡定的父母，
心里有盘算，行动有章法

No.
———
5

"我从来不陪孩子做作业,
但花了很多心思观察孩子"

父母档案

姓名:卉贤

身份:妈妈

概况:有一儿一女龙凤胎,都在读高一,成绩优异。她从不陪孩子做作业,但特别在意学校的教育理念。哪怕是名校,如果不利于孩子成长,她照样毫不流连。

卉贤是20世纪90年代的海归，服务过外企，办过杂志，40岁毅然转行，专职做心理咨询。

她有一对龙凤胎，高一在读。我采访过她的女儿小含，文章收录在《少年发声》一书中，标题是《数学曾考40分，但作为一个人，我挺精彩的》。小含有着超越年龄的自我认知，她说，"在长大的过程中，越来越喜欢自己"。当父母的听到孩子这么说，都会无比欣慰。

小含和妈妈卉贤的母女关系也是难得，她非常尊敬妈妈，也很喜欢她。我追问小含："你喜欢她什么？"她说了这么一段话："我觉得她作为人的完整性很高，很有人格魅力，她是我想成为的人。她不是有意地影响我，只是我在她身边，不自觉地被她影响。"

卉贤从来没有干过陪写作业的事。她花了很多心思观察孩子，为他们选择合适的教育资源和环境，让孩子们得以去往他们该去的地方。我特别认同她的一个观点：你是什么样的父母，你这半生是怎么走过来的,你的底层逻辑是什么,直接决定了你会怎么教育你的小孩……

- 01 -

陈瑜 我一直觉得你很会给孩子找教育资源,无论是选学校、兴趣班,还是选辅导机构,最后选的都很适合他们。

卉贤 我自己在小学、初中、高中都碰到过很好很好的老师,他们对我今天成为这样一个人起了决定性作用。所以当时给两个孩子选小学时,我就觉得要去年头久的学校,要有历史、有传承、有自己的教育理念的那种。

最后把孩子送去的 J 小学是 19 世纪 90 年代创办的,有老中青三代老师,师资生态分布合理。

40 多岁的数学老师开家长会,跟我们说:"拜托你们不要帮孩子检查作业,要是给孩子改得完美无缺了,我怎么知道孩子会还是不会?检查作业不是你们家长的工作,是我的工作!"

我当时没觉得这位老师有多好,今天才明白自己不要太幸运哦!我孩子由衷地说,J 小学让他们度过了很快乐的童年。

陈瑜 对你来说,不用操什么心教孩子。

卉贤 其实,哪怕是一母所生,孩子也很不一样,教育不能一刀切。我从来没有陪他们写过作业,但是我花了很多心思观察他们。

比方说在学奥数这件事上,我儿子觉得很好玩,他下课时会以和同学探讨奥数题为乐;但我女儿说受不了,不想去,我就同意了。她对数学感到痛苦,这一点"完美"地遗传了我。

如今的很多家长忘记了自己是怎么长大的。我从上初中开始就折在数学上,文科和其他理科的成绩都很好。这是我这辈子的痛,我再用功,数学也理不清楚。

我初中的班主任正好是数学老师,她对我很好。她说:"我教你一个办法。反正你的数学也不好了,以后考试,最后一道最难的题,你看都不要看。你保证前面80分的题目,不要有一个错误,这样你能考80分。"我就按她说的做了,"幸存"下来,安然直升了。

数学不好,后面肯定有一门课也学不好,那就是物理。我高中的物理老师当了我三年的班主任。我初、高中的两位班主任,教的都是我成绩最差的科目。

高中班主任说:"看你这个成绩,考复旦新闻系没戏。外地有一所大学的新闻系有个保送名额,你要去吗?"我说:"我要去!我要去!"那时候,一般上海的父母不愿意孩子去外地上大学。她说:"我再帮你申请一个上海市三好学生的名额，你是团支部书记，又有报社学记团①的经验，我相信我们一起努力，你就可以拿到保送名额了。"

陈瑜 而且那时候爸妈也不会送礼什么的。

卉贤 完全没有！这么好的老师，真的把每个孩子都当作自己的孩子。什么是好的教育？什么是好的老师？我觉得这种才是！我的老师一直很鼓励我："你喜欢写作，你喜欢新闻，那你就去弄吧。"我记得自己中学时收到的第一封读者来信，寄到了学校收发室。我的老师说："你现在也收到读者来信啦。"她也觉得很光荣。

为什么我现在以这样的心态来面对孩子？跟我自己是怎么走过来的有绝对的关系。

- 02 -

卉贤 我比较任性，走了一条很曲折的路。我是一个很捍卫自己天性的人。作为妈妈，跟同龄人相比，我做了很多别人看上去"有毛病"的那种事。

陈瑜 比方说？

卉贤 我大学的选择。我们家所有人都是理工科出身，人家说，"你长大了要吃你父母这口饭"，但我就是选了文科。我去

---

① 学生记者团体的简称。——编者注

外地大学读新闻系，户口要迁出去，我妈为此还跟我吵了一架。还有从美国回来这件事，别人都觉得我脑子坏掉了。那时候是20世纪90年代，很多人削尖了脑袋想出去。我父母也很失望，他们当初好不容易把我送出去的……这还导致了我第一次婚姻破裂，我付出的代价不要太高哦！

我刚回国的时候，被一个朋友奚落："你看你们当年出国忙活什么呀？我们那时候还很羡慕你们呢。现在四年过去，该你们羡慕我们了。你们在国内没什么人脉，出国也没赚到什么钱。"我只好不响①。我也学到一件事情，"话不投机半句多"，不要跟与你价值观不一样的人去争论什么。

陈瑜 为什么父母反对，你还非要回来？

卉贤 我在美国不得志，混得不好，只在唐人街的华文报社当个记者和编辑，实在不能忍。

要想多挣钱，就要改行去学会计、IT（信息技术），都不是我的个人兴趣所在。但是，和我同时期出国的同寝室的女生都是这么做的，她们至今一直留在美国。但我不想那么活。

陈瑜 嗯，你还是比较听从自己内心的。

卉贤 回国后在奢侈品行业工作，工资也挺高的，但我一心要做媒体，所以我一边上班，一边给各大报纸、杂志做撰稿人。夜里写到十一二点我还在写，甚至主动跟各位杂志主编说："我可以当你们的救火队员，你们要是缺稿子，版面要开天

---

① 不响，上海方言，有多重含义，在此处表示"不吭声"。——编者注

窗了，找我！"他们晚上11点给我打电话："你一小时能不能赶出一篇稿子？"我说："没问题，我12点钟一定交给你！"

陈瑜 哈哈，我做不到像你这么拼！

卉贤 所以当机会来临的时候，我就去了一家著名的时尚杂志当编辑部主任，工资打七折。这也属于"脑子坏了"，我为了做自己喜欢的事情，是不惜降工资的。为了我所谓的理想，我做了很多"脑子坏了"的事。

所以你是什么样的父母，你这半生是怎么走过来的，你的底层逻辑是什么，直接决定了你会怎么教育你的小孩。

我认为要回答孩子两个问题：第一，人活着是为了什么？第二，读书是为了什么？

陈瑜 现在很多孩子在想这两个问题，但父母可能自己从来没想过。你的答案是什么？

卉贤 找到你自己最热爱的事情，为之燃烧自己。穷则独善其身，达则兼济天下。这是我从小就开始想的问题。在孩子四五岁的时候，我就找机会，时不时地跟他们谈这个问题。

记得有一次，我们住家阿姨跟小朋友说："你们两个要乖一点哦，妈妈去上班了。妈妈为了你们还要去上班，很辛苦的。"我一把抓住阿姨，说："等一下！阿姨，这话是不对的，以后不能这么说。"然后，我把两个孩子叫过来，蹲下去，一手拉着一个孩子，跟他们说："妈妈喜欢工作，不单单是为了你们,妈妈不觉得工作辛苦,我工作很开心!你们以后长大了,也会找到让你们很开心的事情做。"
我觉得教育一定要这么做。为什么要感恩妈妈?感恩妈妈干什么?又不是孩子求我们把他们生下来的!

陈瑜 特别好!

卉贤 现在儿子女儿发给我的题目,都没有超出我的题库,我都可以跟他们讲,甚至可以拿我经历过的事情跟他们讲,这就不是讲大道理了。

陈瑜 有很多孩子听到父母讲什么价值观、人生观或者自己的故事时,就会很反感。

卉贤 这个前提在于到底是他们想听,还是你要灌输给他们。他们如果没有主动问你,你就不要说了。

— 03 —

陈瑜 你想得这么明白,但在给孩子选初中的事情上,还是有点一波三折。你当时知道 H 初中"很鸡血"吗?

卉贤 H 初中的校长是老牌名校退休下来的,宣讲会讲得特别好,而且这所学校入学考试的方式也让我耳目一新。其他学校,哪怕是我景仰的有 100 多年历史的学校,考试还是要考奥数,但 H 初中机考百科知识,面试测试辩论、物理科学小实验……我觉得这个学校与众不同嘛,所以一开始抱有很大的期待。

但在新生入学的时候,两个校长奖励上一届中考成绩超过600分(总分630分)的学生一万元。他们的口号就是为600分而奋斗。

我私下问一个老师:"你们校长理念讲得非常好,怎么操作起来是这样的?"老师说:"你别信她的,她有种不要要求我们教出600分啊!"

陈瑜 还是很看重分数。

卉贤 第一学期的第一个班主任跟孩子们说:"我们班40个同学,我希望你们都当第一名。怎样都当第一名呢?你们全考100分,并列第一!"

老师在家长会上说:"我跟孩子们说了,'吃得苦中苦,方为人上人'。"那一刻,我跟我老公说:"我们把孩子送错学校了!"

老师觉得自己没有什么错,她的人生就是这么走过来的。为了让学生专心读书,班主任要跟我们家长签一个协议,约定孩子在学校住宿期间,不许带课外书,只能带老师规定阅读的书和教辅。群里很多家长开始跟评:同意、同意、同意、同意……我没有回复"同意",但我也不好意思说"反对"。

陈瑜 哈哈哈哈。

卉贤　我想我最多不让他们带去学校就是了,可以双休日在家看。但最后两个孩子惨到周日晚上 7 点要离家,6:40 还在写作业,哪里写得完?!

9 月份才入学,到了中秋节、国庆节,就要做 25 页卷子。我女儿第一个学期数学就考了 40 分,他们六年级时用的是七年级的课本,七年级时用的是八年级的课本。

陈瑜　默认孩子们六年级的内容都会了?

卉贤　嗯嗯,这样一所民办新学校,没几年就取得这么好的成绩,说白了靠的是低配的衡水模式[1]。衡水模式就是要压制你生活中的七情六欲嘛,看到题目即刻反应,不需要再思考了。我经常上阵说:"来,有什么抄写作业?我帮你们做。"他们就说:"这堆归你做。"我说:"再多给我点儿,你们干点儿别的事去吧。"

我稍微辅导了一下儿子的语文阅读理解,惨遭失败,后来一句话也不敢说了。"以后不要问我,按你们老师说的做!"

我看他们学介词的 11 个用法,我问女儿:"作业做一遍,卷子做一遍,一课一练做一遍,你咋错了三次?这样重复做有什么作用?"她说:"我也不知道,大概老师希望我们能背下来吧。"

我觉得我对学英文还是有一点发言权的。这样能学得好英

---

[1] 衡水模式,也称衡水现象,是衡水中学适应当前高考制度而形成的一种应试教育模式。——编者注

文？妥妥的哑巴英文！最夸张的题目是首字母填空，一个单词把首字母去掉，让你去想这个词是什么词。

陈瑜 翻来覆去地练习，是在提高学生的熟练度。

卉贤 对啊！小孩也很作孽的——我女儿惴惴不安地打电话问："我数学考了40分，你有啥想法吗？"

我说："我有啥想法？你考零分，我也没啥想法。我想知道你有啥想法，你难过吗？"

她说："难过，因为很丢人。"

我问："那你考到几分，你就不难过了？"

她说："六七十分就可以了。"

我就说："我能为你做点什么吗？"

她说："要不你也给我找一个补课老师吧。"

我觉得补课这件事，最好是由孩子提出。

陈瑜 你跟女儿说的这几句话太灵了！

卉贤 我一直认为，家长最好不要让孩子觉得，他的成绩是你在乎的事情。你要让他觉得，这是他应该在乎的事情，要让他去承受他不在乎所带来的某些后果。

我看家长群里的一些家长，尤其是全职妈妈，不要太忙哦。她们跟老师说："孩子忘带作业本了，忘带尺子了，我送过来。"我心想，你应该让孩子承受他没做到的结果，你老是去救他干啥呢！

— 04 —

陈瑜 什么时候动了转学的念头?

卉贤 其实我不是一个对老师很"鸡糟"①的家长,但初一的两个班主任踩破我的底线了。

我女儿的班主任制定了 100 条班规,鼓励学生互相揭发:A 学生告 B 学生,A 学生操行得 5 分,B 学生减 5 分。

当时我们几个家长联名写信给学校,去跟校长反映。校长双手一摊,说的第一句话是:"你能帮我找一些好老师来吗?"

我儿子也换了班主任。新老师都要做家访的,但这位男老师说:"最近我比较忙,没有时间,所以十个同学为一组,集中到一个同学家里,我来家访。"

在一个同学家的客厅里,老师板着脸一个个过堂,其他小朋友在另一个房间里等着。我跟家长们说,我去听听老师在谈什么。

老师对着第一个孩子说:"这个暑假你干了什么呢?"

"我爸妈带我出去玩了。"

"就知道玩!暑假快过去了,你补了多少课?上学期的成绩是这样的,这学期你打算提高多少分?你这么胖怎么行?这个体育成绩不行的,中考体育占分,你要多跑跑步!"

那个小姑娘被他说哭了。

---

① 上海话,一般指心烦意乱,十分苦闷。——编者注

陈瑜　第一次见孩子,就这么说话?

卉贤　他对孩子的家庭情况完全不关心。他把家长叫过去,说你孩子成绩不行,这个要补,那个要补,体育也要补!

我听到后,马上溜到隔壁房间,跟孩子们说:"你们给我坐下来,我告诉你们,等会儿老师要是问这几个问题,要跟他说你们暑假哪里都没去玩,天天在补课,下个学期你们要把所有学科提高多少分,听到了没有?"其他家长直谢我。

你可以当笑话写下来。

陈瑜　后面过堂好一点?

卉贤　好一点,班主任露出了比较满意的笑容。

陈瑜　哈哈哈哈。你儿子有什么想法?

卉贤　他没什么想法,主要是因为他成绩好。一个孩子能不能在体制内活下去,关键看他成绩好不好。对于这个学校,更多是我和我女儿不满意。

但反而是我儿子促使我给他们转学。因为我女儿对考40分没那么在乎,她觉得自己画画很好,她有一套自己的价值体系,而且很完整,不那么需要外界对她的肯定。但我儿子很看重排名和成绩。学校每周进行数学测试,叫"周周爽"。后来我发现我儿子的一周是围绕周周爽的七天:周三测试,叫"受难日";周四成绩出来了,叫"死亡日";周五叫"慢慢苏醒日"……开启了新的纪元法。

他的生活中没有任何别的东西了,他给我打电话就跟我说这次周周爽怎么样。我说,我对这个事情不关心,你还有别的事情跟我讲吗?他说没有了。

一个孩子的人生怎么变成这个样子了?我觉得我儿子在那个学校再待下去,会被弄坏的。再说我又听到很多孩子抑郁啊、跳楼啊,我很怕我儿子最后变成那样,因为他是比较心重的小孩,他很在乎这些东西。有一次他考 97 分,跟我嘀咕半天,说附加分没拿到。

他写作文跟便秘似的。那个"人上人"班主任知道我平常会写写文章,还找我谈过,说能不能指导他一下,说他的作文一塌糊涂,会影响总分。我说:"老师,不好意思,你们这种教法,我不会的。您受累哦。"我语气很客气,心里却完全不以为然!

我女儿作文写得好,也不是我教出来的。每个小孩都不一样,总要允许孩子某些科目不强吧。这又能怎么样呢?我儿子这个要好、那个要好,怎么可能呢!

转到双语学校,主要是为了儿子。

陈瑜 压垮你的最后一根稻草是什么?

卉贤 最后一根稻草,还是儿子的班主任。有一个学生作业没做,班主任罚他站着做,还把这个孩子站着补作业的照片发到了家长群。家长第一时间说:"老师,对不起,我们回家一定管教他。"

我常常有一种愤慨,就觉得我儿子为什么不犯点事儿呢?

这样我也好有理由回击！人家孩子受罚，我出头说话好像也不太合适。老师又没有惩罚我家孩子，要我多嘴？况且人家家长还出来认错了……我看到这个很生气！

最后一件事情，是他没收了一个孩子的《哈姆雷特》。孩子不是上课时看的哦，是下午要"周周爽"了，这个孩子中午吃饭时在看《哈姆雷特》。班主任把书收掉，拍了一张照片发到家长群："哼，这倒是很悠闲，下午就要数学考试了，还看什么乱七八糟的书！"

这彻底冲破我的底线了！我又在想：为什么不是我儿子呢？如果没收的是我儿子的书，我当场就在群里发："老师，你大概从来没有看过《哈姆雷特》！"

我那时就跟我老公说："我怎么这么煎熬，我实在受不了了！"

陈瑜 这些家长就真的没有做任何反抗吗？

卉贤 家长认为老师是对的，问题就在这里，我跟这些家长也不是一路的。站在他们的立场，我都明白，我不能说他们有错。我后来分析了一下，这些家长70%是"考一代"，自己是高考的受益者，实现了所谓的"阶层跃迁"。

我女儿寝室的小闺密跟家人闹矛盾，要离家出走。我经常当义务咨询师，给她和她妈做调解。我就跟她妈妈谈："你为啥那么焦虑？你女儿蛮好的。"她妈妈说："你看，我跟她爸爸都是外地人，我们在这里也没什么资源，我们就希望我们的孩子不要掉下去。我们已经拼尽全力为她提供了我们所能提供的最好的资源,她还不珍惜!"

我很能理解他们,我觉得情有可原。我当时如果留在美国,成为第一代华侨,大概也会吭哧吭哧地为孩子们打拼。

陈瑜 家长缺乏安全感。

卉贤 我觉得是的。

其实我很想对这代家长说:托你们的福,你们的孩子一出生起点就不低,所以他们听不进"吃得苦中苦,方为人上人"这样的话。你们那套忆苦思甜的说法,对他们没用,因为他们没有吃苦的必要,他们追求更高境界的东西,比方说自我啊、精神啊。所以你们今天看重的很务实的东西,都将被他们嗤之以鼻。

我的这份职业让我看到这一代的孩子真的不一样,让我能够反省自己。

陈瑜 别人的《哈姆雷特》被没收之后,你就决定要让孩子们转学了?

卉贤 我本来是想省点钱,好好利用九年义务教育制度,初二上完再让孩子转学,但后来还是让他们提前转了。光跟我说"吃得苦中苦,方为人上人"也就算了,但后来我真的忍不了了。

— 05 —

陈瑜 他俩一进双语学校就如鱼得水吗?

卉贤 女儿如鱼得水,儿子叽叽歪歪。他打电话跟我说:"妈,你把我送到一个什么'垃圾'学校来了? 他们怎么都不学习?"原来他们在体制内的初中,受到很严格的军事化管理,每个时段干什么,都是排好的。小孩不用安排自己的时间,也没有时间需要安排。

一到了"垃圾"学校,他就愣住了:晚上 7:30 到 8:30 一定要离开寝室,是"社交时间",要到公共活动室玩,认识同学。我儿子就觉得:干吗要认识他们? 他说:"寝室同学跑来跑去、进进出出的,我在看书,他们还听音乐打扰我,都是什么人啊!"

陈瑜 你怎么回答的?

卉贤 我跟他说:"你先不要急着下判断。在双语学校,可能衡量好学生的标准发生了巨大的变化。你们原来的学校,只看排名,而且排名只有一个依据,就是考试成绩。从今以后,学校可能不排名了,即使排名,可能考虑的维度也不一样了。可能某个同学数学没你好,但是英文比你好,组织能力比你强,口才比你好……你要有一点耐心,一个学期以后再来跟我谈这个学校是不是'垃圾'学校,你的同学是不是都是'垃圾同学'。"

陈瑜　他接受了？

卉贤　我儿子是比较服从权威的小孩。我女儿开心坏了，到今天都说这所学校是她的"白月光"①。

你做我女儿的访谈时，她也提到，人真的需要无聊的时间，才有空做一件事情，叫"自我发现"。女儿觉得这个学校最好的就是"无所事事"，让她能做很多自己感兴趣的事情。最有趣的是，我儿子因为在新学校很无聊，有了很多空闲时间，所以去图书馆找书看了。他第一次看《蒋勋说宋词》，觉得很有意思，便去网上自学，写了好几首，表达他寂寞的心情。我还托了朋友递给一位专家看，专家回复说："格律不是很整齐，但是意境不俗。"

陈瑜　可以了，可以了。意境很重要，哈哈哈。

卉贤　这是我很希望在孩子身上看到的。

陈瑜　儿子在新学校什么时候觉得没问题了？

卉贤　第一个学期算适应了。到了初二越来越适应，越来越看到人间还有另外一种学习方式，还有另外一套价值评判体系——我觉得这个对他很重要。后来他会跟我说，他这个同学英语很厉害，那个同学社团搞得很好，甚至他觉得连长得帅都是一个非常重要的特质。

女儿为了做一个小项目，大量采访了她的同学。她说，这个学校挽救了很多濒临崩溃的亲子关系。

---

① 此处指完美的、理想化的学校。——编者注

他们学校这么轻松，有个女同学还是留级了，但她有一个专长——特别喜欢化妆、做造型，达到了专业级的水平。她就认为，打扮得好看比考多少分更重要，爸妈也不太限制她，她的理想就是当一个美妆博主。我女儿说："我就觉得她很酷啊，我们很快就会在社交媒体上看到她啦！"

这个女孩在体制内时快疯掉了，甚至跪在父母面前，说："你们杀了我吧，我就是读不上去了！"我女儿采访了很多孩子，回来经常跟我说："好惨啊，怎么这样啊，我是多么幸福啊！"

陈瑜 他们在这样的环境里也会变得越来越自信。

卉贤 他们的自信心会得到极大的增长，这正是小孩需要的。

我记得他们初二学期末时，校长颁奖，最后他们两个站在台上不下来，一共拿了10个奖：我儿子拿了7个，我女儿拿了3个。初三毕业时，我儿子作为年级唯一的优秀毕业生代表发言。

陈瑜 他们在原来的H初中自信吗？

卉贤 女儿的自信靠画画，她从5岁开始一直画到初二，直到老师说没人可以教她了。对这件事情她很热爱，很执着。

儿子那会儿虽然考了80多分，但没什么自信，因为他的价值观是"我要排到前面去，我才有价值"。

他们已经经过千挑万选进了H初中，进去后第一件事情就是分班考，再选、再筛，最后保证有两个班的孩子，以后能考进第一梯队高中。所以孩子们一天到晚都在想:"我怎么才能进前80?"我儿子没进啊,他被分在了平行班,有什么自信可言?

至少他现在成了价值观相对多元一点的人。

很多学校的老师会告诉你,差一分就差一操场的人,这很吓人。这个世界不是一部梯子,要一个人踩着另一个人才能上去。受我爸从小对我教育的影响,我觉得人就是草原上的生物,你是一棵大树,我是一棵小草,你活你的,我活我的。我不会否定你,你也不要来否定我。我就是用我爸对我的教育,在教育我的孩子。我爸从小教育我的一些道理,放到今天仍是很管用的。

他是医生,心很善。人家农村来的病人没地方住,睡在医院走廊里,他会买面包给人家吃,跟护士说:"如果有病床,先安排他们住院。"那个年代没有红包,我家门口经常有人"猫"着,等着送农副产品给我爸。他会去跟人家说:"你们家很不容易的,你还是带回去。你放心,你不送东西给我,我的刀也会开得很认真的。"

他有一颗仁慈的心。

我记得初中时有一次我数学考了70多分,给他看成绩时我很紧张。他看了说"要努力啊",然后就没了。

我小时候觉得自己不够好,问过我爸。我爸能专门找出我好的地方,说"你看你作文写得很好";有一阵我作文写得不大灵了,"你会拉小提琴";后来小提琴也拉不好了,我爸又说"你作文还是很好的"……他一天到晚在给我找"你是可以的"的证据。

他还说:"等你长大了你就知道,这个世界上值得你钦佩的人,不会超过这两只手。"我印象很深。他说:"人呀,都是'成者为王,败者为寇'。你要是成功了,有无数人会来拍你的马屁;你要是没干成,人家会说你是傻瓜。但只要过两天你又成了,之前说你不好的人,就都会来说你好。所以我跟你说,你以后长大了,人家说你好,你不要太得意;人家说你不好,你也不要太难过。"

- 06 -

陈瑜 你对孩子的教育,也是鼓励他们找到自己喜欢的事情,然后为之燃烧就可以了。

卉贤 嗯,我实在没有什么家族任务要他们完成。我觉得按我自己的意愿,我已经活得很好了。

我在美国过过最贫穷的日子,也没什么过不去的。到了40岁我把老板炒掉,选择我自己喜欢的行当赚钱,最后还赚得比打工时多了一点,我感觉自己很牛了!

我对自己的生活很满意,活到今天,我做了我最喜欢的工作，住在我最喜欢的街区，能以自己想要的方式活着，这是人世间最奢侈的事情。

我对生活很满意了。真的，很满意！

陈瑜 你说现在有多少妈妈能说出"我对生活很满意"这句话？

卉贤 你可以写写我——一个对生活很满意的妈妈，支持两个小孩读双语学校，是"年光族"——就这样的经济水平，满意度还如此之高！

陈瑜 标题上打个问号，让大家猜猜这是怎么发生的。哈哈哈哈。

卉贤 哈哈哈哈，想想真滑稽。所以对不熟悉的人，我不说这些。人家会觉得我有毛病：就你赚这点钱、过这样的生活，你满意在哪里？！

真的，我没什么愿望是自己未能实现而要孩子们去实现的，我希望他们实现他们自己的愿望。

陈瑜 所以你能接受孩子们回来跟你说他们想做的任何事情？

卉贤 不要用我的钱就可以。

我觉得一定要给孩子设置某种底线，我跟他们俩说过："你们看看我们家的经济情况。你们的学费很贵，我以后会把家里的学区房卖掉。这就意味着，你们以后回来，我没房子给你们住，你们要搬出去自己租房子住。我也不会给你们买房子，我没钱。你们同意吗？"他们说："没问题。"女儿还经常关心我："我的学费很贵的，你付得起吗？最近压力大吗？"我觉得蛮好，她还关心她娘。

这两部"碎钞机"开起来,好厉害!我拼命赚钱,就是为了给我的孩子多一种选择。至少我可以做这个决定——在我觉得不对劲的时候,我不跟你玩了。

我还是蛮抓大放小的,把大框架搞清楚就可以了。小朋友关于人生方向的大问题,我可以毫不犹豫地回答。这些事很简单,因为我就是这么一路走过来的……

No. 6

"孩子中考大幅提分,考进市重点,我做对了这几件事"

父母档案

姓名: 天妈

身份: 妈妈

概况: 女儿读高一,就读于重点高中。在孩子人生的重大考试上,她带着孩子一步一步上台阶,最终帮助孩子摘到了要跳一跳才能触及的果实。

一开学，我就约了天妈做采访。她女儿今年中考，在最后的备考阶段，稳步提了20多分，考入市重点高中——那是需要孩子奋力跳一跳才能摘到的果实。

天妈一见面就跟我说："昨天晚上问我们家姑娘，考上心仪的学校是什么感受，她说，'我现在很骄傲。骄傲不是一个贬义词，因为我自己靠自己、自己培养了自己。'

"我还问她，'陈瑜阿姨要来采访妈妈，问我怎么培养的你，你觉得我应该怎么回答？'她说，'你没有培养我，你只是跟我一起吃，每个假期跟我一起玩，然后在我需要的时候在我身边。是我自己培养了自己。'"

对于一个妈妈而言，我们教育孩子的最大成就之一，不正是让孩子学会自我培养吗？

天妈是业内顶级的培训师，回答每一个问题时都条分缕析。如果用一个词概括她的育儿经，我立刻想到的是"到位"。用她的话说，她觉得这一路她做对了几件事。

哪个家长不想自己的孩子在人生的重大考试上出成绩，但要问的是：你曾经为孩子打了什么底？你给过孩子怎样的支持？……

– 01 –

天妈 天天能考进市重点，我觉得我做对了几件事。第一件事，我把我们家孩子当成一个普通人，我很接受我也是一个普通人。普通的我们，有着普通的人生。

陈瑜 你对"普通"是怎么定义的？

天妈 首先，我们没有大富大贵，一点都不显赫，就是普通的中产阶层，所有的东西都需要依靠自己的努力才可以获得，每一分钱都是自己辛勤劳动挣得的，没有躺平的资格。我首先定位我们就是一个这样的家庭。

其次，虽然我们家天天有一些特点，但她也是一个普通人，没有含着金汤匙出生，也没有那么显眼，她就是一个站在旁边为别人鼓掌的人——这一点我接受。

当我诚实地面对这些，很多事情就揭开答案了。我的孩子自然会感受到，我们每个人都需要依靠自己的努力来共同建设这个家。

我看她这次中考为自己去努力，我觉得是因为她心里已经有了这样的一颗种子。

陈瑜 嗯,明白。

天妈 我做对的第二件事,是我培养这个小孩是做了一些功课的,我对她有很深入的观察。

比如她 3 岁开始学画画,第一堂课玩颜料,其他小朋友都会把颜料往自己身上挤,天天却很有秩序感,她把 6 瓶颜料按颜色深浅排序,在大白纸上用她的食指比画着均匀地去滴颜料,最后画出的是类似于棋盘的一幅画。当时我还去问机构里的老师,我们家孩子为什么没有创意。老师说,她可能不是没有创意,而是有另外一种很理性的创意。

后来,她的理性思维就发展得很好,比如她没有经过训练,就可以进校队五子棋队,最好的成绩是全市个人前 12、团体总冠军。

从小学开始她数学就特别好,但语文真的不好。我带着她做冰心文章的阅读,读到天气如何如何,"心里突然感到很温暖"什么的,她就说:"妈妈,停,你看我浑身起鸡皮疙瘩。我们要不要就停在这里了?"

陈瑜 哈哈哈,都起生理反应了。

天妈 所以她小学和初中的时候,作文要求写心理活动,对她就是一种逼迫。你知道吗?她并没有那么多的心理起伏,没有那么多的情绪同时涌上来。

所以就要观察。家长首先要知道,你孩子是谁,他拥有什么天分,他的短板可能是什么,你要怎么去做平衡。所以,我们其实从小学开始就给她找一对一的数学私教，但是语文就算了。

陈瑜 你请数学私教，是希望把她的特长拔得更高？

天妈 对！我自己是多家500强公司的培训师，我觉得在现在这个竞争越来越激烈的社会里面，每个人其实都是靠自己的长板活着的，然后用其他人的长板来补自己的短板，而不是一定要把自己的短板补齐，让每一项都变得平均。

比如我做策略的能力是公司最强的，但是我的行政能力特别差，怎么办？我们公司有助理组，他们的行政能力非常强。那就他们做行政工作，我做内容出品，我们发挥各自的长板，相互弥补不足。

所以作为家长，你要去让孩子的长板长出来，你不能看不见他的长板，然后玩命去补他的短板。每一次你说的"你太差了"都是在捶打孩子，他每一次都会非常不开心，会觉得自己整个人都是失败的。

陈瑜 你是怎么让天天的长板长出来的？

天妈 天天的长板就是理性思维能力和绘画能力，这两项我们没有丢过。

我给她请我能找到的最好的私教。我自己是从事教育行业的，我听老师讲一节课甚至只是15分钟，就知道他是不是个好老师。

陈瑜 你会去听课？

天妈 我会去听的，但不会全程听。我会去看一下老师的方法，每隔一段时间给老师反馈我女儿是怎样的特性，建议老师针对她要怎么做。

比如天天其实很内向、很慢热，需要用提问去打开她。比如她是左脑型的孩子，语感不行，教语法就需要把架构理出来，她才能够明白。这样，老师就理解了他要怎么去带孩子。

陈瑜 你做得太到位了！你对孩子的理解很深，能够给到老师很好的建议，老师再去指导孩子，就会变得很顺、很高效。

天妈 然后就是多给她的长板留时间。比如她很喜欢画画，每个星期五晚上，有一个艺术老师到我们家来带她画画，一画就是4个小时，从她3岁到15岁，从来没有断过，哪怕是在考试期间。然后有艺术展我们就带她去看，不管她看不看得懂，有机会就会带她出去玩，相机就挂在她的脖子上，让她自己去拍。

我觉得时间分配是非常重要的，家长要懂得取舍。尤其是初二以后，大家会说我们就一门心思读书吧。学习成绩固然重要，但那是从短期主义出发的，长期来说，你还是要依靠长板。

天天的数学和艺术我是肯定不会放的，在这两个方面我一定留足时间，然后有资源就会给到她。

陈瑜 孩子有长板，自信心也会有个支柱，凭空自信是很难的。

天妈 我觉得你说得特别对，一个孩子不能长在虚无里。我坚定地认为，就像所有的树都要扎根在土壤里面，孩子得扎扎实实的。

- 02 -

天妈 最后在中考这个阶段，我觉得我做对了最重要的一件事情，就是我没有剥夺她努力的权利。

陈瑜 这怎么说？

天妈 有一些家长会说，我们想要给孩子一个快乐的人生，做法就是"散养"——孩子想干什么就干什么，但我不这么看。我觉得人类最大的快乐是可以获得自我成长的快乐，每个阶段都需要一个 quick win（速赢）、一个 small win（小胜利）。比如说这次中考，我就硬是挺住她，一定要咬着牙让她把这段路登上去。

很多家长会说，孩子只要尽力就好。但这样的方式，我称之为另外一种"釜底抽薪"，你把孩子对自己的信心抽掉了。你凭什么不让他去努力？人家孩子有潜力，可以去到更好的地方，你为什么不帮他一下？

初三这段路，每一个妈妈都不知道孩子最后能走到哪里，但我们要赋能孩子，让他们去努力。不是你把努力的责任推给孩子，是你支持他去努力，你帮助他更加努力。

努力说起来是非常虚的，但是可以让它变成一个个具体的台阶，在走台阶的过程中，我又会帮助孩子一同去发现问题。当她一模考到一个分数，我说很好，你还可以再往上走10分，我们就找老师来补这10分。二模考完了，我说很好，还有一个月就中考了，我还是要求她继续往上。最后一个星期，我亲自给她补习语文，帮助她准备作文。她擅长五子棋，我就用找棋眼的方式让她明白，阅读理解该怎么看题眼。

爸爸妈妈是孩子的台阶，顶一下，再顶一下，孩子就上去了。

陈瑜 很多孩子可能会觉得妈妈不断要我提分是一种压力，而不觉得是得到了支持鼓劲，所以考前会变得格外焦虑。你怎么看待这之间的平衡？

天妈 我觉得首先要有一个保底的成绩。以孩子目前的成绩，读区重点学校肯定是没问题的，她自己能接受，我们也能接受。好，在能接受的基础之上：第一，认可在先，认可她每一次的努力；第二，再让她去努力一下，试一试可不可以发挥更大的潜能。

我觉得妈妈的状态很重要，不是逼迫她的状态，不是说"你怎么才考这点分，你还可以怎样"，而是"你已经非常好了，但我们可以再试一下，因为我跟你老师都认为，在这里你还可以提三分，大家一起来看看这三分怎么提上去，让老师每天再给你刷一次题，或者某一个节点你没有打通，我们再来把它打通"。

不是单纯为了分数，而是说我们再努力下，让孩子在初中阶段把能力再往上提升一下。有些重要的考试你不能让孩子松懈，因为他的人生也需要靠意志力、韧性和知错就改的能力，翻过一座座山。

成绩是一个很具象的反馈点，你不能忽略它，但也不能夸大它。成绩不是一个结果，但它是能力的表征，这是我特别想跟很多家长讲的。

对于天天这个孩子来讲，她其实是意识到她在成长，而不是被压迫。

陈瑜 你跟她一起朝着同一个方向面对问题，而不是站在孩子的对面指责她。

天妈 对，她从小就知道妈妈有一个习惯，就是无论她考了多少分，妈妈都说很好。这是一个起点，我们从起点开始往前走。她从小学开始从来没有因为分数被打骂过，我觉得我帮她打好了心态的基础。

陈瑜 嗯，这是你们互信合作的前提。

天妈 由于她最后到达了她努力想要前往的目的地，我的恐惧也被治愈了。突然之间我就觉得一切无非就是个因果关系，因上努力，果上随缘。

陈瑜　　其实你心里也会有恐惧?

天妈　　当然!我其实最怕的一件事情,是她可能因为差0.5分或者是差1分而名落孙山,那样她会认为自己是一个运气不佳的人。差0.5分不是因为能力,而是运气问题。

陈瑜　　这样的想法会给她的人生带来什么伤害?

天妈　　伤害还是很大的,我不希望一个15岁的孩子就失去"太阳是照在我身上的"信念。我其实现在也没有想好,万一我的孩子就差0.5分,该怎么找到一个可以让她自洽的理由。

第二点是我自己的恐惧。我会有成年人的较劲的心理,需要摆脱自己对丢面子的恐惧。

第三点,我觉得最为担心的是我的孩子在初三那样的高压之下,她会是谁?她可以怎样被捶打?能不能有能力、有态度地往上走?我真的不知道,当时是没有信心的。

一开始她也没当回事,一直觉得自己的成绩不够好,不认为自己可以考进市重点。但是通过整个初三的努力,她现在有了一个很大的变化,她认为自己是可以的,她甚至说自己要考北京大学。

陈瑜　　这太好了,她敢于做梦了!

天妈　　而且敢于把这个梦想说出来,对吧?她有自信了。她现在找到了这样一种东西:她可以在未来依靠自己,而且她应该意识到自己是靠得住的。

所以我特别想跟很多父母说,千万不要剥夺孩子依靠他自己的权利，也不要剥夺他努力的权利。

陈瑜 那我还要追问你一个问题——你如何判断天天已经很努力了？很多家长会"贪婪"，总觉得孩子还不够努力。

天妈 这确实是个好问题——我们如何去评估一个人是不是尽力了？

表面上的评估就是看她的时间安排，比如她原来11点就睡了，但在考试之前，每天的作业如果没写完，她是不去睡觉的。

还有，最后两周，每次老师带着大家刷题，她都尽力去做了，该改的改了，该提升的提升了。我可以透过她的错题本观察出来，而且她的成绩的提高也是看得见的。

然后就是我的感觉了，就是一个母亲的感觉。

其实这半年，她也打游戏，也跟朋友聊天，每天放松一个多小时肯定是有的。那是一种正常的排遣压力的方式，我禁止不了的。现在是一个社交社会，她承受着那么高的压力，如果我连她释放压力的途径都掐断了，她肯定要跟我急。我打心眼里面觉得这不是什么错事，孩子并没有犯错。

陈瑜 她在整个过程中有没有遇到挫折，比如努力了很久，成绩不仅上不去，甚至还掉下来了？

天妈 有。她二模物理成绩不理想，我其实当时有点着急，但是她的物理老师还挺有信心的，说这次考不好也许是件好事，要是她物理一直很好，可能考试时会大意。后来，我们就把一些错题又认真梳理了一次。

陈瑜 就是不要乱了自己的节奏。

天妈 对，然后就多加了几节物理课，成绩又慢慢上去了。

陈瑜 你有想过吗，如果付出了10分的努力，结果没有考取理想的学校，甚至发挥失常，去到一个更普通的高中，你会怎么去应对？

天妈 该给她的还是会给，比如初中毕业礼物、暑假的旅行。

然后，我们就要真的去放大长板了，我甚至找好了美术学校，打算利用学习之外的时间，把她的艺术成绩提上去，再加上她的文化课不差，能把她的长板放到最长，等着报考中央美院。

— 03 —

陈瑜 除了理念方面，在具体的实操方面，你觉得自己还做对了什么？

天妈 首先我让她认真上过时间管理课程，对她最大的启发是让她学会了做重要事项排序。她每天课后自己就会列一个清单，重要事项是什么，先做什么后做什么，每一项分配多少时间，她自己要写出百分比。她也不会忘记把"闲聊天"写在上面，虽然是C类事项，但那是不可或缺的。

还有，在她初一时，我曾经找过一个老师带过她画思维导图，她能明白，所有学的东西都要有能力画出导图。你学了些啥？它的主要脉络是什么？每个脉络下的分支是什么？先要有大图，大图里面画中图，中图里面画小图，小图里面再补充细节。

看她画完导图，我就知道她哪些东西掌握了，她没有掌握的就画不出来。如果不会画导图，所有学的知识是成不了体系的，都是一个一个散点，只能完全靠记忆力硬背，无法观察这些事情之间的逻辑是什么，孩子是不可能学好的。

然后就是养成好的纠错习惯，把所有的错题工整地放在一个本子上，错了又错的，我们贴一个便笺在上面，说明这个知识点需要去看哪一页书才能理解。

还有就是我们让她可以沉浸式地学习。画画也会让她练习保持沉静，如果她可以花四个小时把一幅画搞定，那么她也可以花四个小时把一个概念学透。她的心沉下去，会进入心流状态，心流会让她生成智慧，当她生成智慧的时候，她就懂了。

陈瑜 你在很早的时候，就在为培养孩子的能力做铺垫了。

天妈 在适当的时候，家长要把工具给到孩子，孩子才能有抓手。一个孩子如果在初三这一年没有找到好的学习方法，很可能就会困在那儿了。

— 04 —

陈瑜 经过这一轮,你们的亲子关系会变得更紧密一些吗?

天妈 会!初三以前,我跟我女儿的关系可以说是很熟悉的陌生人,我就是带她玩,带她出去享乐,我们没有一起经历过事情,没有共苦过。但是这一轮是我们一起朝着同一个目标,全家三个人拧成一股绳,我就觉得好像我的心跟她的心、她爸的心拧在一起了。

陈瑜 真好!天天爸爸在其中起到什么作用?

天妈 天天爸爸是非常温和的人,他是我跟天天巨大的心理安慰剂。我觉得在初三这么紧张的状态下,家里要有一个人沉得住气,不管怎么样,他都能说没事。"没事,我们还有很多天""没事,这道题我来跟你一起再做一遍"。

陈瑜 特别好!大多数家长的措辞是,我们"只有"多少天了,而不是我们"还有"多少天。

天妈 最后我去教天天语文的时候,天天爸爸说:"你要克制住你自己的脾气,要好好备课,不能因为自己高考考得很好,你就觉得你可以教她。现在不是你的年代,你把她教会了,才算拿满分。"

所以我们三个人完全接纳现实,不互相抱怨,也不相互推脱责任,从来不说"你怎么还没有学会",我们永远说的是:"还有哪里不会?我们一起去跟老师开个电话会议,研究一下。这个分数是一个信号,证明我们有一些点还需要突破,突破了你的成绩可能就会上去了。"

要有这样的精神:第一,坚韧,不行再来一次;第二,我要突破我的认知,我可以从"错"到"对",然后在"对"的基础上还要再来一次,养成"对"的习惯。

陈瑜 某种程度上,这有点像全家奋战,她打仗,你们输送炮弹。

天妈 对,在这个过程中,我觉得我们彼此之间产生了巨大的信任。她觉得她的背后有我们顶住,我们也相信她可以自己依靠自己。

所以,千万不要放弃一家人一起努力的机会,中考会让所有人都获得人生当中很难得的一次成长。

陈瑜 在迎考的日子里,你们有过很大的冲突吗?

天妈 最大的冲突是有一次我一定要滔滔不绝地讲点什么,大概是有关态度、意识之类的,然后她有点烦了,态度很不好地说:"我请你关门出去。"

我一下就火了。我们一起努力付出了这么多,她居然用这样的态度来对待我!那一次是我们在整个考试期间比较大的冲突。

我觉得我的问题是我真的没能抑制住,滔滔不绝地灌输我的理念,然后呢,她也背负着中考的压力,就崩掉了。

陈瑜 后来怎么化解的?

天妈 她要我出去,我就出去了。我们可以各自先冷静一下。她爸在当中稍微缓和一下。

我们有个习惯，所有的事情不过夜。睡觉之前我敲她的门，说："你觉得你做错了什么？我可以先说我哪里做得不好，我为我的滔滔不绝道歉，但是你也要告诉我你哪里做得不好，以及我们下次在什么地方要忍住。"

陈瑜 这种处理冲突的方式特别好。

还记得拿到成绩单的那一刻，全家是什么状态吗？

天妈 觉得很酷。天天虽然是一个比较平静的小孩，但她也很开心，那种开心是因为她发自内心地觉得"我是行的"。

一个人的人生中能有多少个瞬间让你觉得自己是真正行的，对吧？我们可以将巅峰时刻获得的能量，赋能到自己的低谷时刻，这样自己就知道该怎么办了。我相信这样一个理念，就是一定要帮助你的孩子去创造他的巅峰时刻，这样他未来越陷入低谷，越知道如何靠自己走出来。

碰到任何问题，我都会把屋子里面的灯关掉。我就跟自己说，我五个小时以内一定可以想出解决问题的办法。就是有一个强大的信念——我行，我肯定可以的！

天妈 我不是很焦虑，还有另外一个原因——我女儿曾经跟我讲过两个梦想。

小学时,她说,未来她要有一个小别墅:一楼卖本子、笔、颜料等各种文具;二楼可以跟两个好朋友一起开绘画教室,一人开一个班;三楼就是老师们的露台,可以在上面看月亮、看星星,也可以邀请小朋友上来看月亮、看星星。然后这个小别墅在海边,我们可以一起生活在那里。

对我来讲,我助力她实现这样的一个梦想不难。她用她自己的绘画技术教学,用数学能力算钱,这就够了,对吧?她只要能上一所普通的大学,这个梦想就可以实现,她就能拥有幸福的一生。

她的第二个梦想就是去法国读巧克力大学。那我就花钱送她出去读,读完了她可以回来做巧克力、西饼。现在中国的烘焙市场也很好,我们可以开一家西点屋,卖小甜品。

我就问我自己:能不能接受自己的孩子是有这样的梦想、会过这样的生活的人?我后来觉得我是可以接受的。既然能接受,我还折腾个啥?还焦虑个啥?是不是?

陈瑜 你在说天天的那两个梦想的时候,我就觉得好美好,就是那种闪着金光的感觉。

天妈 是啊!再有一点,我走过那么多公司,真的看过太多学霸在企业里面无非就是个见习生、普通工程师。他们一直在按平均标准生活,活成了别人期待的模样,没有特别耀眼的长板,使得自己成为产能的一部分,是普通的、可被替代的,像机器人一样坐在工位上工作。

你的孩子读了那么多年书,那么辛苦,你真的希望他将来是这副样子吗?要让孩子去寻找真正属于他自己的有价值的人生。

我觉得我们的人才有个很大的问题:缺乏想象力。就是一个 brief(任务指示)来了以后,就去执行它,但从来不去想还可以如何改进。我们没有创作者心态,因为我们对自己的信心是不足的。

陈瑜　而且历来的教育方式,就是给你一张卷子,让你把它给答好,填满标准答案。

天妈　对,这就是为什么我们很多人从 0 到 1 不行,从 1 到 10 我们可以做到精益求精。但今天国内外的形势对人才提出了新的要求。

每个孩子都有自己不同的才华,家长为什么要用相同的尺子去测量他们?为什么不能看到自己孩子身上的不同之处?你都不知道自己生而为人的天分和你这一生的梦想,你凭什么对你的孩子做那样的要求?

你有没有问过你的孩子:如果他有一个完全不依赖物质条件的梦想,那个梦想是什么?他有那样一个梦想,你是不是能发自内心地支持他?

我记得有一年我带天天去青岛,她套着游泳圈,我推她去了深水区。我当时告诉她说:"天天,我们在深水区了,你的脚肯定够不到沙子了,你周围也看不到人了,但是你后面还有我。"

那年她7岁,她就对着大海喊:"大海,我7岁了,我来了!"

后来我就跟她说:"上了初三就是进深水区了,你不知道会怎样,但你别怕,我们在你身后。而且你7岁就可以去深水区了,你现在15岁,一样可以。"

通过中考,她明白世界是可以去探索的,深水区在那儿,她是有能力去冒险的。

No.

———

7

"鸡血爸爸"的"作战式"
教育布局：科学、玄学两手抓

父母档案

姓名： Danny

身份： 爸爸

概况： 儿子读五年级，小升初摇号进入重点初中。在孩子的教育规划上，他做足了功课，有战略、有战术。

Danny 在孩子教育方面是投入度极高的爸爸，别人都觉得他是"鸡血爸爸"，但他认为自己属于"半鸡血"。

我和他全程用上海话交谈。我抛出第一个问题后，他一个人讲了一个小时的脱口秀，我的回应只有"哈哈哈"，脑袋里浮现的画面是前国足队长范志毅上《吐槽大会》——声音、语气、语调、节奏，都非常像。Danny 说到情绪激动处，偶有"三字经"点缀。

我让他给自己取个化名，用于访谈的发表，他说："就叫 Danny 吧，洋气点。"我要笑死了，感觉这个化名很不像他的风格。

Danny 非常直率，知无不言。他声称，自己在儿子这次小升初摇号战役上，科学、玄学两手抓，让儿子实现了从三流普通小学到一流民办初中的跃迁。按他自己的说法，他对于孩子教育的"布局是非常完备的，是按一级战备来规划的"。

坦率地说，他的育儿经我并非完全认同，但我觉得有必要记录下来，因为它有着这个时代的典型印记。

— 01 —

陈瑜　听朋友说起你家孩子小升初的故事，觉得很有劲。你能跟我说说你的操作思路吗？

Danny　是这样的，我儿子小时候，我其实是一点都不"鸡"的。他妈妈给他下载了一个学习类的 App（应用程序），他一直在玩。中班结束时，我发现他认识路牌上的字，他说是在 App 上学的，还学了一点数学和英文。

我就查了教委的标准，小学一年级要学会 10 以内加减法。我儿子中班就可以做 1000 以内的加减法了，我就觉得蛮厉害的。

我啥都不懂，就问朋友，朋友让我给他报奥数班。我问下来，费用蛮高的。我这个人只干值得的事情。我吃不准儿子的天分，就先把他送去区少年宫，很便宜，一个学期只要 800 元，我花 2400 元就能搞定语数外三个班了！

陈瑜　哈哈哈。

Danny　这不是蛮好嘛，就先学学看，万一学得不好，对我来说损失也小很多。

他这样一路学到大班，数学老师跟我说："你儿子蛮有天分的，我们机构满足不了他了。"然后就给我介绍外面有名的机构。

奥数开放竞赛的时候，我儿子基本上都是全国一等奖、二等奖。到了三年级，机构的老师跟我说："根据我们的经验，你儿子以后初中进最好的 H 学校是没有问题的。"我想了想，要考 H 学校，感觉还是有点担心的。后来瞄准了 S 学校，也很好，我一些朋友的孩子在里面读，说可以出出力。

好了，等到读完小 5 班[①]，出事了，公民同招了！我背后冷汗直流！

- 02 -

Danny　时光荏苒，白云苍狗。

陈瑜　哈哈哈哈。

Danny　马上就要到 3 月份了。学校老师找我们谈："区里公办学校有一些推荐名额，你儿子要吗？"我说："不要，我们现在这个成绩，整个区，我们已经看不上了。"这五年来，我已经放眼全市了，我们摇号报了 S 学校，豁出去了！

后来我想想，不对，摇号得靠玄学啊！5 月 2 日放假，我跟我老婆说："看好孩子，我开车去普陀山。不行了，我只能去普陀山了！"

陈瑜　哈哈哈。

[①] 针对一流民办初中入学考试的培训班。——编者注

Danny　我平常开车到那里只用三个多小时，但这次开了六七个小时，因为是节假日嘛。

我找到普陀山管委会①的朋友："你按照你们最标准的流程，今天带我走一遍，啥地方我也不去，景点一个都不要你介绍，我就去 X 寺。"

接下来最传奇的来了。我到了 X 寺，我朋友帮我带了一个点雪茄的、喷三条火的打火机。

陈瑜　哈哈哈。

Danny　他们有一套标准说辞——要先跟观音娘娘报到。殿里还有 32 个化身，所以一共有 33 尊观音。

朋友说："你孩子没来，要点 6 根香。"我眼睛闭起来，一套词说完，朋友跟我说："阿哥，你昨天晚上做了啥不好的事情？"我说："没啥。"6 根香全部灭掉，吓得我魂都没了！她说："你再点。"我又点了一次，6 根香灭了 5 根，只着了一根。

陈瑜　哎哟。

Danny　我这个朋友吓得面孔发青，她说："我没有碰到过这样的事情！这样，你拿着香，我们再点 6 根。"我说："你的打火机我不用了，我用自己的。"

点好了，6 根全着了，朋友吓坏了。我问她："你这两天做过啥缺德的事情吗？"她说"没"，又说："今天我们

---

① 指普陀山风景名胜区管理委员会。——编者注

不要瞎逛了,就在主殿里把 33 尊观音一个一个跪过来。"那天我跪得裤子都发白了。

最后来到文殊殿,文殊菩萨是管这个事情的嘛,我就按流程全部做好。

回上海的路上,我就在想:一共熄了 11 根香,点燃了 7 根,这是什么意思?想着想着,哎,我一算,S 学校的校名两个字正好 11 画。我想这个就是暗示我,虽然 11 根灭了,但后面都点着了,说明我儿子可以进去了!

陈瑜 哈哈。

Danny 那天摇号,我们群里的家长,出一个结果,没中,出一个结果,没中。

我老婆说你去官网查,会比手机早一个小时出结果。我查的时候是 11:02,我记得很清楚。我们单位 11 点钟吃饭,我叫我们办公室所有人 11 点钟全都出去,一个人都不要让我看到,我说我现在极其暴躁。

陈瑜 哈哈。

Danny 11:02,我老婆把验证码发给我,我一按回车,零点几秒后,"啪",弹出来一条信息。我乍一看,这句话很短,我立刻跟我老婆说:"这桩事情漂亮了!"因为话短基本是录取的,话长还要说调剂的事情。

我再定住看,真的录取了!我一拍桌子,我老婆就晓得了:中了!

陈瑜　　哈哈。

Danny　哎哟，那天开心啊，我从超市走到广场，又从广场走回超市，走了一个中午，真的开心啊！

陈瑜　　哈哈。

Danny　你只要不是瞎摇，是达到一定的水平再去摇，人家也会认可你。在 S 学校这个环境里读，好像我儿子基本上一只脚已经踏进 985 了！

- 03 -

Danny　我也是因材施教，先给儿子报 800 元的班，再给他报 3000 元的班，我的布局是非常完备的，我是按一级战备来规划的。

我儿子小学一年级的时候，我先给他定了这几个目标：

成绩很好的话，报考一流民办初中；

成绩比较好，我给他在外面报个围棋班，因为我们区的市重点初中收围棋特长生；

成绩一般的话，我安排他学一种乐器，区里排第二的初中收乐器特长生。我们选乐器也是经过高人指点的，不是钢琴这种很多人学的，我们学的是架子鼓，竞争性是非常小的；

成绩再差一点的话，就去一所区重点中学，这所学校有一个日文班，学生毕业后都是去日本比较好的大学。我了解到这个学校建了一个跆拳道馆，儿子一年级时，我又给他报了跆拳道班。

好，围棋、架子鼓、跆拳道学起来，布局完成。

当然了，人算不如天算，现在也已经不允许初中收艺术特长生和体育特长生了。这条路废掉了，但当时我的布局是合理的。而且除了问权威人士，我自己会去学校官网上查每年他们录取的特长生名单。我是理性的，不是人云亦云的。

到了二年级，我发现跆拳道没有必要练了，因为区重点我们已经看不上了，但作为一个爱好，我儿子坚持练到现在。

乐器上，我也不急着让他考级了，因为排第二的市重点，我们也已经看不上了。

到了三年级，我们在围棋入段之前停掉了。一是我觉得他在围棋方面的天分不是很高，有一句讲一句，他并不是全才；第二呢，是因为区里最好的市重点，我们也已经看不上了。

陈瑜	哎哟。
Danny	我是不是一环扣一环的啦？
	做事情，在赢之前，我先想到输，想到最坏的可能，再

一步步赢上去。不像人家一上来就盲目地认为"我儿子全世界第一",我从来不那么认为。我认为作为父母应该理智。

不是因为我今天成了牛娃的爸爸才说这种话,是在我儿子显露出牛娃特质之前,我已经把他作为普通的孩子培养好了。所以走到今天,反而符合老祖宗说的,天道酬勤。我觉得我花的精力够了,我什么局都布了,孩子也争气。

陈瑜 你让儿子去学围棋、架子鼓、跆拳道,他愿意配合你,但如果孩子不愿意呢?你让他到东,他偏往西,你怎么办呢?

Danny 小孩子都是有个性的,我们家孩子也不是没有个性,我觉得核心在于家长教育。

从他很小的时候,我就跟他说,读书啊,从来不会辜负任何一个人。我们家有家谱的,整个家族历来重视读书,会出钱供养孩子读书。还有,讲得功利点,我跟儿子说,爷爷平时带你去吃小吃店,因为他读书读得少,挣钱少。爸爸读书读得比爷爷多,挣钱也多,爸爸就会带你去吃牛排,消费能力比爷爷强。那爷爷为什么比外公带你吃得好呢?因为爷爷虽然读书少,但为祖国打过仗,立过战功。所以爸爸就给你一个选择:你要么读书读得好,要么为国家立下很多功劳。

他小时候还觉得,为什么别人玩,他却要读书?后来他

	自己写作业,时间长了,他意识到"这就是我的命"。
陈瑜	针对这个问题,我再跟你多讨论一句。你让儿子学艺术、学体育,往好的方面说,是有前瞻性,往相反的方向说,好像很功利的哦。用这么功利的想法来定义学习,会不会对孩子有什么不好的影响?
Danny	天下熙熙攘攘,都是为利来,为利往。学习的本质是什么?一千个人有一千种说法。我认为学习当然有功利性,如果没有功利性,只是为了学知识而学知识的话,那为什么要分重点中学和普通中学呢?
	中国人讲中庸之道,也讲辩证地看问题,功利并不是完全不好,它也有好的一方面,现在我们的学习环境当然需要功利。我的确有些功利因素在里面,但是我争取的"功"和"利",都是合法利益,比如孩子成绩好,当然要让他读好学校。
	正常情况下,我觉得环境会改变人,能够"出淤泥而不染,濯清涟而不妖"的人毕竟是少数。作为一名理科生,我只看大概率事件。
陈瑜	你儿子属于补课比较多的小朋友吗?

Danny　他补课比较多，周六周日从来没休息过一天。

陈瑜　你是指这五年吗？

Danny　准确地说是六年，还包括幼儿园大班。

我跟我儿子说，你从小学开始，放弃了270个双休日，相当于你比别人多学了一年，也就是你读了6年小学①，当然会比别人学得好。天道酬勤，没有不劳而获的。

他暑假一般上40天课，只休息20天，我会带他去国外玩一玩。所以有一句话讲"不怕学霸成绩好，就怕学霸过暑假"，就是这个意思。

他在学校会帮老师批批卷子，老师都是相信他的，因为他的知识储备已经超越了五年级。他现在如果进初中，可以跟预备班、初一的学生一起考试，甚至成绩比他们还好。

陈瑜　孩子愿意上这些补习班吗？

Danny　去每一个班之前，我都跟他进行所谓的男人之间的平等对话："爸爸跟你讲，你要读这个班。第一，爸爸经济上还算可以，你不用考虑这方面；第二，我在乎你，你如果觉得你要读，你要'吃饱'，老头子二话不说，管付钱，管接送，我以你为傲；第三，你只要跟我说你累了，不想读了，爸爸就把这个班退掉，而且不会因此骂你、看不起你、对你失望，我用人格保证！"

---

① 上海小学一般为五年制。——编者注

他第一次参加奥数竞赛的时候,下午比赛,中午我们吃饭。我说:"我再给你最后一次机会,你如果选择要踏上这条路,从二年级开始,这辈子就要一直竞赛下去了。你现在只要跟我说一句'爸爸,这条路太苦了',我买好单就回去,不会说你一句不好。"我儿子认真想了几分钟,跟我说:"我不想这样堕落下去,所以我要参加竞赛。"我说:"那就去比赛。"后来比到三年级,奥数被官方禁掉了,也就没下文了。

我也问他:"你现在读的数学班升一个等级,会更难,题量会更大,你愿意吗?""我愿意啊!"课排不开,我说:"你把无关紧要的国画课停一停。"他说:"你没钱啦?你没钱,我把自己压岁钱拿出来,我一定要上!"

陈瑜 哇!

Danny 这次我也征求过他的意见:"你马上要读初中了,除了游泳以外,其他的副科全部要停掉。"他做了半天思想斗争,最后勉强同意了。

尊重孩子的个人意愿,现在只给他保留了高端数学班、英语班和一个物理班。虽然初二才学物理,但他觉得他现在已经能学了。应他请求,就给他报了个物理班。他说:"我准备提前两年学,中考的时候虐他们。"我说:"行啊,老头子买单,这有啥好说的。"

陈瑜 你儿子不想着要玩吗?

Danny 每天在学校做完功课回到家，到吃晚饭之前，有半个小时可以看书，有时他会跳跳绳。他玩的东西跟别人不一样，他空下来看书可以看一天。

他隔一个月左右会请同学到家里来，一起玩一玩。他邀请同学，人家父母都是非常开心的，因为他把同学召集到家里来，先给他们布置题目，让他们做。

陈瑜 哈哈。

Danny 做完之后呢，教他们玩魔方。他觉得玩不是瞎玩，因为我一直在刻意地引导他："你玩要玩得高雅点。爸爸到了这个年纪领悟到，玩一样东西，要玩成一生的爱好。"

现在小朋友之间很流行的奥特曼卡，我们家没有一张，但是他有很多学校奖励的"勤学卡"，他喜欢收集这些。第一，这些卡上有很多《王者荣耀》相关的图案；第二，他觉得这个东西是自己的荣誉。人家小朋友一年只能拿10张，他一年可以拿一百三四十张，哪个同学表现好，他还会送给别人。

陈瑜 你觉得你儿子这样一路走过来，有压力吗？

Danny 他有压力。他跟我观点一样，一分耕耘一分收获，然而现在的摇号政策不能保证他一定去好学校。

学校意味着什么？一城一池。我跟他说："你的舞台一定是全市！"我们是有眼界的，我儿子早就不把考全校第一当回事了。

他从小就在外面考试，是久经沙场的老兵，心态没问题啦！当然，他也见识过很多天分比他高的孩子，他明白人与人之间的差距是很大的，他会去努力追平和别人的差距，但他不会为此疯狂，他觉得把自己的事情做好就可以了。他有时候也会考得不理想，但他知道这很正常，所以他心态比较好。

其实我儿子不累，我更不累，我们都有各自的生活。他学跆拳道和游泳，我一三五训练日打拳。我们的生活不像别人想象的那样鸡飞狗跳，回来做功课耳光乱打，没有这种事情。

一般就是，我去打拳前跟他说："你妈跟你说了吧，今天晚上语数外做多少卷子，语文作文不要写。""哦，好，爸爸。妈妈讲过了。""老婆，你看着他，眼睛不要离得太近，弄点东西给他吃。"

我晚上9:30打完拳回到家，儿子把功课已经做好了，接下来要么他看看课外书、玩玩魔方，要么我跟他说说他今天哪块有一点点下降，要做一些专项练习。10点钟他会准时睡觉。

我们轻松得不得了，不吃力的。在儿子上大班和一年级时我比较累，因为那时候要立好规矩。

陈瑜 很多人听了会说，你儿子是块读书的料。

Danny 我觉得我儿子读书是比较好的，但是我们给他营造的环境和帮他做的筹划助推了他一下。

陈瑜　　你觉得你是"鸡血爸爸"吗？

Danny　在外人看来我是一个"鸡血爸爸"，但是客观来讲，我觉得我是"半鸡血"，我真算不上"鸡血"。人家一个礼拜给孩子安排两奥两数、两奥三数，有大课有小课，我全没搞过，我儿子全部是大班教学。

人家总是以为我儿子是个书呆子，实际上我儿子热爱生活，享受生活，喜欢艺术，既读万卷书，也行万里路。

— 05 —

陈瑜　　如果 S 学校没摇上，你当时有啥备选方案？

Danny　就去找一些好的公办学校，最差到对口学校，然后自己花钱在外面提升啊。

陈瑜　　你们家是你负责孩子的读书，还是孩子妈妈负责？

Danny　我负责小孩读书，妈妈是政委，我们有分工的。

陈瑜　　哈哈，你们家真的像打仗一样。

Danny　她负责接送，我负责安排。妈妈温柔地和他谈心，爸爸和他是男人之间互相尊重地谈心。孩子马上要进入青春期了嘛，渴望尊重。爸爸是他第一个朋友，也是他第一个敌人。我认为，我要做一个"合格的敌人"。

陈瑜　　"合格的敌人"是什么意思？你怎么定义"敌人"？

Danny　我自己定好了人设——爸爸是名牌大学毕业生，第一代学奥数的。孩子一年级的奥数卷子，我看一眼就能知道答案。三年级之后呢，我也看不懂了。

陈瑜　　哈哈，三年级就看不懂啦？

Danny　我需要拿一张草稿纸，算一算了。到了他五年级，我十道题只能做出两道了。在这个过程中，他一直参加比赛，我扮演他的假想敌，他体会到了一步步战胜爸爸的快乐，非常高兴。他数学为什么这么强？就是因为我"蓝军"[①]演得好，从他不可战胜到任他践踏。

陈瑜　　哈哈哈。

Danny　以前他觉得爸爸上知天文下知地理，什么事情都难不倒爸爸，只要他从书本上问出任何一个问题，爸爸都讲得比书上还生动。但现在，他问出的问题，已经有一半爸爸答不出了，他觉得有希望战胜爸爸这个敌人了。

陈瑜　　你这个"敌人"的意思，更像是竞争对手。

Danny　对，或者说你要给他树立一个标杆，一个要去超越的目标。这个角色母亲扮演不大合适，尤其家里是儿子的话。父亲就是原子弹，要少用，主要起威慑作用。

陈瑜　　哈哈哈。你儿子现在跟你的关系如何？

Danny　老好的，学校有什么事，还会跟我说悄悄话，有时还会

[①] 此处指在部队模仿对抗演习中，专门扮演假想敌的部队。——编者注

跟我发发嗲。不过比不上跟妈妈关系好，毕竟"生活"（揍）都是我动手的，但是他知道大事情问妈妈没有用，会问我的。

陈瑜　我感觉你很多事情想得很周全，讲出来话一套一套的。但是我也在想，有些家长会过于控制孩子，不让孩子有自己的想法。

Danny　很强势？

陈瑜　你是吗？

Danny　我做事情一般都听他的意见，还有呢，我儿子一般不会主动提意见，但是他主动提意见，我都会尊重。比如这一阵太累了，他想休息两天，到哪里去玩玩，他只要开口，我就会帮他办到。

我一直跟他说，"很多事情你想清楚再跟我说就可以，错了不要紧，但是你要有思考的过程"。我会给他指点一下，什么想法是有一点幼稚的，什么想法是蛮成熟的，然后让他尽量往成熟的方向做。

他们同学往往崇拜娱乐明星，但我儿子只崇拜两个人：一个是数学王子高斯，一个是爱因斯坦。

陈瑜　你儿子想当科学家？

Danny　我也没有刻意引导他，我只是建议他以后当医生。他跟我沟通过，他说他想研究激光类武器，我说可以的。

我妈妈就是中国某一个部件方面的专家，我儿子觉得奶奶很牛，他觉得我们做的事情都不是正途，正途是搞科学研究，探索人类未知的东西，为国家和民族做贡献。我说："你的想法是对的，如果人们全都去赚钱，谁来为国家服务？"我们也会进行一些比较高层次的、形而上的沟通，也不光是务实的。

- 06 -

陈瑜 S校竞争比较激烈，大家都很拼，你儿子进去了，也许成绩不再拔尖，很卖力地学也只能达到中等水平，对于这种情况，你们有预期吗？

Danny 对于这种情况，我们家里已经全部商量好了，你放心。

我跟他说："你老兄中等偏上就可以，300个人，你考前150名就可以，因为那边都是尖子生中的尖子生。你去这种学校，有可能迎来你人生中的第一个不及格，你要有心理准备。"

我跟他说："你还是人啊，你不是动物，爸爸把你当人看。只不过你是成绩比较好的小孩，但总有人成绩比你好。你不一定要拔尖，爸爸更希望看到你稳定而努力。"

陈瑜 S校很多孩子有心理问题，这方面你会跟他讨论吗？

Danny 会的，我都知道，都会讲，没关系的。

我跟他说:"碰到类似的事情,你先要记牢一点,生命是最宝贵的;第二点,有什么事情,回来跟你爸妈说;第三,爸爸认为,人这一辈子没有过不去的坎儿,好死不如赖活着,蝼蚁尚且惜命。"

我还跟他说:"一千个人眼中有一千个哈姆雷特,不是所有人都认可你的,一定有不认可你的人,你要一笑置之。另外,爸爸用经历告诉你,男子汉的心胸是被委屈撑大的,你没有受过委屈,还不是男子汉。司马迁那时候受了宫刑,要是自己想不开自戕了,谁来写《史记》给你看啊?读历史,不是为了炫耀,而是为了以史为鉴,你看看人家以前是怎么做的。看了那么多遍《三国演义》,其实可以总结为一句话——不以成败论英雄——爸爸希望这是你看这本书学到的东西。"

我跟他说,人的心理都是从头发丝慢慢锻炼成钢丝那样强韧的,要慢慢来。简而言之,我给他打过预防针了,疫苗打过了。

陈瑜 你啥事都提前计划好了。

Danny 我跟我儿子说:"人无远虑,必有近忧。爸爸在你小升初时,就想到了你中考的事情。到了你中考的时候,爸爸可以拿着一杯威士忌、一根雪茄,指点江山。为啥?因为爸爸已经想了四年了,比你们学校的老师还清楚。"

陈瑜 哈哈哈。

Danny　现在他们学校里关于小升初的问题，老师回答不出来，还叫我去跟家长说，我说得比老师还细，这都是我用业余时间研究出来的。

陈瑜　我想问问你，如果在你儿子小时候，你一"搭脉"，发现他不是读书的料，你会如何规划？

Danny　我也想过，我可能有几个方案：

我国外有些亲戚，可能让他去国外读书试试看。如果读书不行，就学一门手艺，当技术工人。国外职业歧视相对轻一点。这是备用方案。

如果他在国内发展的话，我看看是不是可以利用自己的资源，让他进个高中、大学；如果进不了，就出点钱让他学学手艺，比如烧烧菜，再不行开个小饭店，也能养活自己。我想过一些职业的，比如修车，到时帮儿子开个修车行，赚得也不少。

陈瑜　儿子未来当厨师或修车师傅，跟从名校医学院出来做医生，这样的人生在你眼中有差别吗？

Danny　虽然说三百六十行，行行出状元，但我觉得每个人的人生肯定是有差别的。从人格上讲没有高低贵贱，但是职业还是分层次的。如果他就是读不好书的话，我也没办法，只能在没有办法的情况下，帮他想一条最好的出路。

No.

8

互联网大厂妈妈的育儿方法论：
单点突破、以终为始

父母档案

姓名：郁露

身份：妈妈

概况：女儿读初一，换赛道就读民办双语学校。在互联网金融大厂工作的她把常年职业训练形成的工作方法论迁移到孩子的教育和发展上，发现同样适用。

"我们公司从来都是讲，资源是有限的，不可能面面俱到，面面俱到是一定会失败的。合理的策略是'单点突破'，先在一个点打爆，由点及线再到面。"于是郁露问自己："我孩子有别于他人的是什么？"

"以终为始"的思维方式，更是让她始终把握了一个要点：学习好永远只是手段，而不是目标。重要的是完成这样的推演：长远而言，我们希望孩子将来成为一个什么样的人？成为那样的人，他最需要的核心能力是什么？然后回到眼前，为了培养这个核心能力，我们家长需要做的事情是什么？

"人间清醒"的家长，心里都有谱。

郁露 我女儿在幼升小的时候，几乎没有做任何衔接。进去第一次数学摸底考试，老师给的评语是"需努力"。他们班一共有三个"需努力"的学生。

我当时很傻，不知道"需努力"是不及格，我以为需努力就是需努力，读书总是要努力的。

陈瑜 哈哈，你还蛮淡定的。

郁露 虽然家长淡定会好一点，但是小孩子真的是一个独立的人，其实她还是会感受到来自同龄人的压力，会受到挑战的。

她就把数学卷子撕掉，说要转学，因为她在幼儿园时都还挺优秀的，不能接受自己到了小学就变成这个样子。我们跟她讲，只是因为别人提前三年学了，并不是因为她跟别人有很大的差距。但是她就会有这种误解，认为同学是天才，老师一教就会，而她背一个单词，还是要背一背才会的，她不是天才。

她自己心里还是有蛮大的压力的。

陈瑜 因为没有提前学，所以遇到了一些波折，你觉得对孩子的自信心有影响吗？

郁露 有影响。我们家所在的区有一所名校，我们经常到里面去游泳。我说："你将来想读什么大学？这所大学怎么样？"她说："妈妈，我考不进的。"

我平时总鼓励她，因为她身上有很多优点，我并不是无中生有，但是她就会跟我说："妈妈，不是的，你这么描述我，是因为你带着妈妈的眼光。到了社会上，大家就不是这样认为了。"

陈瑜　孩子说这话的时候是几年级？

郁露　应该是四、五年级了，那时她觉得自己是个"学渣"，但其实她后来也追上去了，成绩中等。我们也没有给她加其他的课，不想面面俱到。她自己觉得哪一门比较薄弱，想往上去追一追，我们那段时间就盯那一部分。

女儿一年级时就遭受这样的挫折，其实我跟她爸爸两个人心里都不太好过。因为我们自己从小到大一直没有在学业上面头疼过，所以还蛮心疼她的。

女儿10岁生日时，学校要爸爸妈妈给小孩子写信，我老公大概写了7页纸，意思是说虽然女儿遇到了挫折，但是人生很长。从小一直特别顺利的人长大了，一下子碰到一个大的挫折，反而可能会跨不过那个坎；而她小时候遇到了这样的挫折，但是她慢慢地站起来了，对于未来的人生，她可能会更有韧性。

这是我老公的想法，也是我的想法。

陈瑜　我感觉你跟其他妈妈不太一样。其他妈妈会觉得，孩子已经从底部追到了中游，那么现在该力争上游了。你不是这种心态，对吧？

郁露 我一直不是，我一直是在帮她做减法。为什么？这跟我自己的工作环境有关系。

我自己是在一个互联网金融的大公司工作，我们公司里面从来都是讲，资源是有限的，不可能面面俱到，面面俱到是一定会失败的。什么叫单点突破？就是说如果你有一门是比别人强的，那么就先把这一个点打爆，突破完了以后，由点及线再到面，这是我们的一个工作方法。所以我们尽量做减法，不是所有的事情都去做，而是宁可闲着，也不把自己填满，这是我们的一个观点。

所以我就想：我女儿有别于他人的是什么？她每周末在博物馆做解说员，已经去了四年了。当初源于这样一个契机：她小的时候喜欢画画，那一年博物馆有一个永乐宫壁画特展冬令营，我给她报名参加了，然后发现博物馆有对小孩子的系列培训。我们就开始上青铜器课，然后是瓷器、玉器课，最近学的是绘画。上这些课给她带来的好处是，语文老师跟我讲，她发现我女儿在语文、历史方面的知识、眼界和格局比同龄人要高出一大截。

陈瑜 这其实也能给孩子带来很多自信，她的学科表现也会更好。

郁露 是的。

陈瑜 "单点突破"很有道理，但很多家长会说，"你看，中考要考好几门课，不能有一门拖后腿，可能几分之差，你就进不了理想的学校了"。对于这样的观点，你是怎么看的？

郁露 你说的这个问题，其实我们肯定都是会面对的。

我不认为中考是唯一的路，我希望以终为始。我们会去想：我们希望她将来成为一个什么样的人？成为那样的人，她最需要的核心能力是什么？然后，为了培养这个核心能力，我们需要做的事情是什么？这样想的话，中考就不重要了，人生成功的路有很多。

我们其实不怎么关注她的成绩。我们跟她说，"分数仅仅是为了检验你的学习成果，我们不是为了分数去学习的，学习是你获得自力更生能力的一种手段，我们不要把目标和手段搞混"。

确实，我们觉得她最重要的能力，其实是自力更生的能力。她要会照顾自己，这个很重要，因为我看到有很多人读了书以后，自己生活过得一塌糊涂，我觉得那不是理想的人生。一个人把自己照顾好，好好吃饭，好好穿衣服，然后自得其乐，有自己的小幸福，这是我认为的底线。

她的上线由她来决定，而她18岁之前的底线是由我来决定的。

陈瑜 你这句话是个金句，我要记下来发给妈妈们看，请大家反复体会，哈哈哈。

郁露 所以我们从小在家里比较重视她能不能自理、会不会做家务，对这方面是有要求的。当然，她也很喜欢烧菜，有这方面的天赋。她三、四年级的时候，我就把她送到一个法式的厨艺学校上了三天课。

我觉得她要有能力成为她自己希望成为的人。所以父母培养孩子，就是要帮孩子去建构这个能力。

我听你们平台陈默老师的课，印象非常深刻。她说现在很多父母都说要支持孩子，什么叫支持孩子？你让他读哈佛，让他做医生，那叫支持孩子吗？不是。陈默老师说，当你的孩子决定去非洲，你也同意，那才叫支持。

陈瑜 你真是"人间清醒"的妈妈！你的教育方法论，单点突破、以终为始，是一早就想得很明白，还是说你经历过一些事，慢慢提炼总结出来的？

郁露 我觉得大方向是一开始就定下来的，然后在操作的过程当中慢慢地修正。比如说小孩子生下来的时候，我们家长都有不切实际的想法，清北复交、哈耶普斯。她上一年级之前，是同龄人当中比较优秀的，因为我自己看了很多关于脑科学，强调怎么去开发智力的书：不是去教她知识，而是让她去长见识、去锻炼她的肢体等等。但是她上小学以后，就碰到很大的挫折了。我们觉得很容易学会的东西，其实对她来说是比较难的，我当时甚至怀疑她是不是有阅读障碍。我碰到问题、碰到困难，就去研究为什么会这样。我还上过你这里讲学习困难的课。如果她学习有困难，做不了学霸，我就必须接受。

我从小到大一直听人家说一句话，"人生是一场马拉松"，不用着急于在起跑时领先。但是说句老实话，我真正体会到人生是马拉松，是从我自己学跑步、跑马拉松开始的。我从小到大其实体育很一般，是那种肢体协调能力特别差的人。我的老师在我练跑步之前，向我推荐了二十几本关于跑步的书。我才发现，以前的体育课白上了，因为以前的老师从来没有跟我们讲过运动科学的事情。

我印象特别深刻的是当时有一本书，它不强调一定要刻苦训练，而是说当你不知道哪种训练方法更适合你的时候，你就挑一个强度更低的，保证不要受伤。那本书里还举了个例子，说你练跑步，是每天一直练好，还是隔天练、其他时间去做别的运动好？事实证明，你隔天练习跑步，其他时间去做些别的运动会让跑步的成绩提高得更快。还有，跑马拉松，前面不应该加速，能够跑到终点才是最重要的。

陈瑜 其实这些道理是可以迁移到学习这件事情上的。

郁露 对，是一样的。

陈瑜 也就是说，你不要把自己学伤了、学到厌学，不要把所有的时间都放在应付读书考试上，并且跑完全程才要紧，而不是赢在起跑线上。

郁露 对，它里面有一个思想，就是说当你不知道你做的这件事情对孩子是对还是错的时候，宁可不要做。你不要老是觉得"我为你好，所以我要去做"。不，你什么都不做，彼此相安无事，可能对小孩子更好。

包括你前面问到对于中考分数是否焦虑的事情：为什么我不焦虑？因为我知道，最重要的是让孩子在小学阶段保持对学习的热情，如果失去学习的热情，那就完蛋了。

如果她不是学霸，但是她又必须在社会上生存，我就要去观察她有什么特长。我以前看漫画家蔡志忠的文章，他小的时候成绩也不好，但是他画画特别好。他说过一句话："每个孩子都是天才，只是他的妈妈不相信。"

陈瑜 这句话太好了！

郁露 这句话是很影响我的，我觉得老天肯定是公平的，所以我就会去观察她。她不喜欢读书，记忆力不是特别好，我想她肯定有她擅长的地方。

她小时候学过钢琴、扬琴、尤克里里，还有棒球、足球、篮球、网球、羽毛球……所有能试的都试过了，我看她对哪些有兴趣，愿意继续下去。比如她的肢体协调能力特别强，那就让她去体操队，然后她的动手能力也特别强，做手工、烧饭烧菜都挺好……我那时候还帮她研究过，世界上哪些大学的家政系比较好。

陈瑜 哈哈哈哈，你太牛了。

郁露 我觉得她立志以后做个好妈妈、做个好妻子也是可以的，她小时候的愿望之一是将来她要生两个孩子。

— 03 —

陈瑜 小升初时，把女儿从体制内转移到体制外，是出于什么样的考虑？是一早就这么计划的吗？

郁露 我一开始其实没有坚定地说一定要走国际学校这条路。做出这样的改变，还是因为想要给小孩子找到一个适合她的环境，这比较重要。

其实我女儿是一个特别有主见、喜欢自由的小孩子，从小到大她就没有听过我们的，所以我们选的学校至少不能把她的时间填满，那么首先就把那些传统的好学校给排除了。

陈瑜 不盲目追求学校排名，而是给孩子找一个适合她的学习环境，其实是特别重要的，这要基于对孩子的了解和对学校的了解。

郁露 对对对！各类学校我们都看了，如果有朋友的小孩在那些学校读过的，我们就谈家长，访谈了十几个。

我老公做的功课比我还要厉害，他是把全市200多个学校列了一张表，一一打分。他会去校门口蹲点，看那些小孩子放学出来脸上有没有笑容、精气神怎么样。然后他还做了第三件事情：他会看所有私立学校有没有打过官司，他把法律文书也都看了一遍。

陈瑜 天哪，他把择校当成一个工程项目在研究！那你们是怎么百里挑一挑中现在这所学校的？

郁露　其实我们不太纠结于有没有做出完全正确的决定，因为不会有完全正确的决定，就是看匹配度。

进了中学以后，我女儿自己的时间其实是更多的，因为他们学校作业不多。我观察到，虽然她总是在电脑面前，或者在看手机，但是其实她自学了很多东西，比如说她自学日语，还自己买书在平板电脑上学古筝、学其他各国的乐器。让我惊讶的是，她一个平时不看书的孩子，突然就变成了在学校图书馆借书最多的人。

陈瑜　啊，这个转变是怎么发生的？

郁露　我和她爸爸觉得看书是天经地义的事情，然而她以前真的不看文字为主的书，但是会看漫画。甚至有一次她跟我说："妈妈，你不要再给我买书了，我要让你的钱打水漂儿！"她就觉得为什么一定要买书给她看，可能看书对她来说是有压力的。

后来我改变了买书策略。我觉得那本书是适合她的还不够，还要值得我来看，这样我买了就不会让钱打水漂儿了。

陈瑜　聪明！

郁露　她小学时上晚托班，做完作业会看那里各种各样的书。后来我发现她开始看网络小说了，我也看，我们俩也会一起讨论。

其实当时我老公是反对的，他觉得那些书乱七八糟的，没有营养，但是当时我想，至少她开始看文字了。而且她看书的速度还挺快的，基本上两三天能看一本书，至少阅读速度上去了，对吧？我觉得内容可以暂时先不管。又回到我前面说的核心方法论，就是单点突破。这件事情只要有一个好处，那就坚持。

后面她去了这所学校，不能带手机，中午的时候她就去图书馆。她可能就是随意翻了一些书，觉得书还蛮有意思的。有一次她回家跟我讲《傲慢与偏见》，我就说："你还挺了不起的，我在你那个年纪虽然也看书，但看的都是琼瑶、金庸写的。什么《红与黑》，我都觉得很枯燥，没意思。"就是这么一点点转变的。

陈瑜 有一点你做得特别好，你很有耐心，或者说你把主动权交给了女儿，让她自己去摸索。

郁露 其实我现在回过头想，我觉得我不是有耐心，我之所以没有那么焦虑，是因为我发现，我的孩子虽然是我生的，但是她就是个独立的人，她跟我不一样，我接受了她跟我不一样。她的学习方式跟我的不一样。我是个视觉学习者，习惯于看书，但是她可能听觉比较敏感，动手能力比较强，是那种需要全身动起来学习的类型，这是第一点。

第二点，我发现其实时代不一样了。我们以前获得信息的渠道，只有看书，甚至都没有那么多的书可以看，但是现在的学习方式是多样的。在一个不同的时代里面，她可能会借助网络找到适合她的学习方式，那不是挺好的吗？而且我发现我身边有很多人不读书也很优秀，我就不会再局限于"不看书怎么办、不看书就不能成功"的想法里面了。

- 04 -

郁露 在我女儿很小的时候，其实我心里面就在想，我不希望她是个乖孩子，我希望她是个好孩子。

陈瑜 "乖孩子"和"好孩子"有什么区别？

郁露 我自己从小是个乖孩子，父母讲什么我就照着做，但其实我心里有自己的想法。我当时想，一旦我自己上班赚钱了，我就不听我爸妈的了，就按照我自己的想法来。

所以我觉得乖孩子是父母说一就按照一来做，而好孩子要有独立思考的能力。

陈瑜 很有趣的是，很多妈妈受到原生家庭教育的影响，会沿袭父母的理念，她可能会要求自己的孩子也要听话，你为什么能够从这个链条中跳脱出来，并且很明晰、很坚定呢？

郁露 我觉得首先是因为我自己读了很多书，我一直在学习。直到现在，我基本上一年会看一两百本书。读书对我来说不是一个需要咬牙坚持的事，它对我来说是一种享受、一种放松。

陈瑜 你在养育孩子的这一路上，没有停止对自己的武装，一直在学习。

郁露 我兴趣爱好特别广泛，学过插花、甜点、中餐、咖啡。我女儿说："妈妈，你参加的那些班既好吃又好玩，还没压力，我要上你那些班。"

她会看父母做什么，平时父母就是榜样。我加入了一个读书群，每年有两次考古之旅，大学历史系教授带着大家看各种古建筑。暑假的时候，我们都会带着小孩子，他们其实就是在旁边玩。有时看很多古建筑其实挺枯燥的，老师讲的也不一定特别适合孩子。我们坚持了大概10年，最初其实是因为我自己感兴趣，但是后来发现对小孩子的帮助是很大的。她在一个没有压力的环境下自主地获得了一些信息，然后把这些信息进行了整合。

这就是无心插柳柳成荫。

陈瑜 太好了！你知道吗，我们在咨询的时候不停地跟家长说，尤其是跟妈妈说，不要成天把两只眼睛放在孩子身上。你把自己活好了，孩子才有空间去生长，否则他们会感到非常窒息。

郁露 我觉得首先核心还是要确定自己跟孩子的边界。很多家长之所以焦虑是因为界限不清，因为他们想代孩子活。

然后，我会去思考人生，去思考这个时代。我们过去40年经济高速发展，那样的时代可能就过去了。我要推荐一本书，桥水基金的创始人瑞·达利欧写的《原则——应对变化中的世界秩序》。他说因为我们活得太短，只有几十年，所以以为很多事情不会发生，如果把它拉长到500年，你会发现那些事都会发生，包括战争。

我现在越来越觉得，在特别紧绷的社会，大家都觉得自己会来不及做什么的时候，其实反而应该刻意放慢脚步。大家拼命想去做加法的时候，其实应该刻意地去做减法。多了大量的自由自在的时间，你可能会获得一个更丰盈的人生。

陈瑜 这些道理家长都明白，为什么做不到？很多家长其实不是卡在家庭教育上面，而是卡在自己的人生上面。

郁露 如果你问我为什么淡定，核心原因是我没有把对小孩子的期待和她要获得幸福的人生作为我的核心目标。我一直在想怎么样让我自己过上幸福的一生。我觉得最重要的一点，就是把自己过好。

陈瑜 把自己过好，对你来说该如何定义？

郁露 你这个问题很好，我希望是过有质量的人生，包括精神上的和物质上的。

陈瑜 什么叫"有质量"？

郁露 我现在把我的时间分成三段：一段去做我感兴趣的事情，我喜欢学习各种东西，最近找了个老师在练书法；一段去做必要的事情，比如说自己的工作和未来的职业规划；还有一段去做不喜欢但是一定要做的事情，比如运动，因为身心健康是最基本的。在不同的人生阶段，这三部分的比例可能会做一些动态的调整。

我觉得要把自己的人生过好,然后顺带影响一下我女儿。如果她不受我的影响,我觉得反正我也尽力了,我问心无愧。

陈默老师还有一句话也令我印象深刻,她跟她儿子说:"我们在这趟人生之旅中,我做你妈妈,你做我儿子,我们做一对互不相欠的母子,我不欠你的,你也别欠我的。"我觉得这样挺好。

采访手记 | 谈教育，就是在谈价值观和方法论

假设有一家父母商店，橱窗里陈列着各款父母，名牌上注明他们的特质，诸如学历、收入、职业、婚姻状况等等，作为孩子的我会怎么选？这些我统统不看，我要跟他们谈谈他们的价值观。

谈教育，就是在谈价值观：你本身有怎样的自我认知？你希望过怎样的人生？什么是爱？你最在意的究竟是什么？如果我是你的孩子，你是不是真的愿意支持我走我自己想走的路？……这一章访谈中的父母，都给出了漂亮的答案。

我想选的父母，就是把自己的前半生活明白的人，他们开阔而笃定，不随波逐流，不人云亦云。而活明白本身，与学历、收入、职业、婚姻状况并无多大的关联。

如今的父母为何如此焦虑、如此恐慌？我认为一个非常重要的底层原因是，很多人没有稳定的价值观和正确的教育观。如何判断"稳定"和"正确"？落到家庭教育领域，标准其实特别简单而直观：这套价值体系要有利于孩子的成长，最起码要有利于孩

子的身心健康。

在我看来，价值观是基座，有关教育的一切都建筑在此之上。那些有力量走高、走远的孩子，背后支撑他们的，就是父母价值观所奠定的理念、认知和格局。

好，有了战略，还要讲究战术。

要知道，真正有智慧的家长也"鸡"娃，但他们都"鸡"在点上，所以特别有成效。看了本章的家长访谈，你会发现：

他们无时无刻不在观察孩子：孩子有什么优势和弱势？该如何扬长避短？孩子的学习特点和学习习惯是怎样的？适合什么样的教育方法？……他们家庭教育的一大心法，就是要先看懂孩子。

正因为有了看懂孩子作为前提，因材施教才成为可能。我们看到这些家长不约而同地都在做一件事，就是在自己的能力范围内尽量为孩子找适配的教育资源。无论是学校还是老师，适配孩子的，才是最好的——这真的是教育的关键，怎么强调都不为过。为什么？因为孩子只有在适合自己的环境中，才能游刃有余地应对学业、学会学习，才有机会在学习中获得乐趣、取得成就。

除了看懂孩子、用心对接适配的教育资源，这些家长还有一件事做得非常好，那就是一面鼓励孩子"出征"，接受挑战，一面成为孩子坚实的后盾，为孩子托底。有了足够的安全感，孩子才有能量去认识自己，去探索世界，去思考"我是谁、未来我想过怎样的人生"——这些都比一时的成绩和排名重要得太多太多。

所以在这一章，我们看不到海量刷题、挤压睡眠时间、打骂催逼、焦虑抑郁的情况，而是能看到一群既有稳定价值观又有科学方法论的家长是如何当好孩子人生的啦啦队队长的。

有意思的是，啦啦队队长这个职务可不是父母想当就能当上的。要想与孩子默契配合、屡创佳绩，有一个先决条件：你要把孩子养亲了——这正是我们下一章的主题。

> **请你思考阅读本章之后，**
>
> 那个被你带到这个世界来的小人儿，是怎样的一个孩子？
> 什么样的教育环境是适合孩子成长的？
> 你有没有坚定地站在孩子的身后，让孩子可以勇往直前？
> 夜深人静的时候，再问问自己：
> 在人生的前半程，你把自己活明白了吗？

第三章

先把孩子养亲了，再来谈教育

No.

9

永远站在孩子那边打败问题，而不是站在问题那边打败孩子

父母档案

姓名：桃妈

身份：妈妈

概况：女儿读高一，是学霸。她是一位有智慧的母亲，最在意亲子关系。有了这个大前提，所有的问题都能迎刃而解。

有位家长发给我一张截图,是一个高一女生写给妈妈的生日感言。她推荐我采访这位母亲,留言说:"我身边有个亲子教育非常成功的朋友。她女儿妥妥一名学霸,各方面(不仅在学习上)都非常优秀。她们的亲子关系极好,妈妈在教育上非常松弛,是女儿的'铁粉'。"

看她用了那么多"非常"和"极",我带着好奇心开始阅读这个高一女孩的文字:

还有两个小时左右就是老妈的生日了,好不容易赶完作业,又随便复了点习,最后还是老老实实地过来写小作文了,哈哈哈哈。

今天早上,老妈一如既往地6点来叫我了,但我身体实在是不舒服,没能成功起床。她想了想说:"那你先睡吧,睡到7点半我再叫你起来去上学哈。"然后我一觉睡到9点,老妈已经帮我请完一天的假,准备去上班了。嗯,想起平常我们都是 6 点多就起床了，急急忙忙刷个牙、洗个脸，把早饭带到路上吃。我习惯性地认为，老妈和我的生物钟其实差不多，今天才意识到，其实老妈要准时去上班的话，8 点多出门也绰绰有余啦。我们家到学校开车大概 25 分钟，其实也不算很近，住宿的话我和老妈都能多睡一会儿。但是吧，我比较懒，而且不是很能吃苦（大概吧，哈哈哈哈），晚上只想在家里舒舒服服地躺着，吃点外婆烧的夜宵或者点点外卖。然后老妈也没说啥，就每天任劳任怨地早起一个多小时，冬天在太阳还没升起来的时候就开着小红车送我上学。早上 6 点多起床，是个人都会困的。我就闭着眼睛，一边啃早饭一边休息，老妈却是要一直看着路的。

　　有时候我觉得自己其实挺任性的，想要干的事情总是希望能够立马完成，而且很喜欢给自己找各种各样放松的机会。老妈基本上是无条件地支持我，有时我也觉得这是溺爱啦！但是在原则问题上，老妈还是不会纵容我的，哈哈哈。"老妈，周末去吃日料吧！""好呀，我来找一家之前吃的那个很贵的，你爸值班，带你出去吃点好的。""老妈，我卓越课不想上了，想回家休息。""那你自己和班主任讲，偶尔一次没关系，不能经常啊！""老妈，我想买这个、买那个！""可以可以，你自己看着还剩多少钱吧！"诸如此类。在老妈面前，我就是个一直想吃东西、玩心很大、特别喜欢休息的小屁孩，老妈也不是很在意。

我觉得我妈是我最好的朋友，不同于同龄人的那种。每天上学或者放学的路上，想把一天没讲的话都讲了，一些平常不会和朋友讲的东西，全部想和老妈分享，可以叽叽喳喳地讲很久。上了高中，心里的小想法变多了，对自己的生活或者是周围的事物都有了自己的看法。但这种分享更多是单方面的，老妈就很认真地听着，然后听到好玩的地方她会哈哈大笑，讲到我很不爽或者对自己不满意的地方她会不厌其烦地安慰我，令我很受用，讲到无聊的地方，连我自己都觉得挺无聊的，她也不会嫌烦。我调节情绪的方法大概有两种，一种是听歌、唱歌，另一种就是找老妈聊天。

我是独生子女，老妈也是第一次当老妈。她也太厉害了！以后我能成为像老妈一样的母亲的话，我小孩一定会像我一样开心快乐的！

今晚写数学卷子时才想起来要庆祝老妈生日。想说的很多，但实在是太琐碎了，写到这里又感觉没有写啥，能够表达出我想表达的50%就差不多了。每天的日常就是这样，但是还有更多更多没有写的，总而言之一句话：知足，感恩！老妈生日快乐！！！永远快乐！

身为母亲的人，应该都会羡慕这样的亲子关系吧！

这是一位有智慧的母亲，当孩子面临学业压力、人际困扰、代际沟通问题时，她永远选择站在孩子那边去打败问题，而不是站在问题那边去打败孩子。

这是父母应该坚定持有的立场,尤其是在当下严酷的教育大环境里。如此这般,才能建立良好的亲子关系;有了良好的关系,才谈得上影响孩子。

否则,别怪孩子听不进去你的建议,哪怕是合理的建议。

− 01 −

陈瑜 生日收到女儿写给你的小作文,当时是什么感受?

桃妈 其实她说的这些,我们平时都聊过,所以收到信时,真的还好。

那天晚上,她说:"妈妈,我给你写封小信。"因为第二天是我生日,我说:"今天你不用写太多,意思一下就好了,早点睡觉。"她说"好的",然后写着写着,就坐在那儿拿纸抹眼泪。我说:"你哭了吗?"她说:"我被我自己感动了。"

陈瑜 哈哈,好可爱!

你跟女儿的关系是一直这么好,还是说之前也会有一些波折?

桃妈 波折肯定是有的,她上初中时我们大概斗争过小半年。

初二上学期是一个转折点,因为数理化的难度上来了,她自己会给自己压力,在生活当中就觉得看这个不顺眼,看那个也不顺眼,一会儿觉得东西不好吃了,一会儿又觉得衣服不好看了。

数学是一个难关,是一切问题的导火索,是我们关系的原子弹。只要数学考差了,我女儿就说:"我妈最起码有三天脸色会很阴暗。"如果考得还可以,她会说:"我估计我妈脸上的晴天能维持 7 到 10 天。"

我一直跟她讲,数学不是高不可攀的,因为教改之后,高考数学 90% 是中等难度的题,她把目标定在 120 分,是绝对没有问题的。如果成绩不是特别理想,肯定是基础知识或学习方法上某一点没攻破,而那些都不是难题。

我们会找到关系不好的点,剖析问题,慢慢地她觉得我是站在她的角度考虑的。半年后我们就和好了,也是因为我们把问题一个个解决了。

陈瑜 你们是怎么解决数学考试这个问题的?

桃妈 当我女儿在某一门学科——不仅是数学——出现问题的时候,我先不跟她探讨我的想法,因为我觉得我还不够专业。我会研究一段时间,起码要 10 到 15 天,上知乎、百度和各种论坛,看公众号,进行研究。

比如说数学这一段时间学函数,碰到问题,那么关于函数的难点和攻克的方法,我先把它过一遍或者把它吃透了,然后我会帮她,跟她说:"妈妈大概了解了 12345 这样一个步骤，我给你几个方案，你看看要去刷哪几本书、哪几个章节、哪几道题。"

其实刚开始的时候她会拒绝，因为她觉得是在给她布置新的任务。然后我就慢慢给她建议，一次两次，她尝到了甜头，就开始觉得这些方法是有效的。

现在网络上有很多知识，然而孩子的时间有限。你给她提供一些帮助，如果有效果，她以后碰到问题，就会来找你。

陈瑜 嗯，大部分家长看到孩子成绩不理想，通常会说："你为什么上课不好好听讲？！你怎么这道题也会错？！你应该报班多刷题！……"

我们一直说，要反思自己到底是"站在问题那边打败孩子，还是站在孩子那边打败问题"。很多问题冒出来的时候，爸爸妈妈很容易去指责孩子。孩子们会想，"你非但不能提供帮助，还添乱，让我更糟心"，人家自然选择拒绝沟通了。

桃妈 其实每个小孩子都是想学好的，没有小孩子是上学就想成绩差的，他们肯定是碰到问题了。

我先生小时候成绩很好，所以只要我女儿提出一个问题，他就说："这个你都不会，爸爸当年怎样怎样……"我总建议他："你不要老发表你的经验之谈，现在小朋友的学习难度、强度绝对不是你想象的那样。你每次这么说，都会让小朋友反感。"

– 02 –

陈瑜 刚听你说,你会根据女儿的成绩表现出不同的情绪?

桃妈 对,这是我现在还没有克服的一个点。

我是这样跟她说的:"妈妈也是普通人,因为大环境这样,我不可能对你的成绩无动于衷。你每次考试,我心里其实是有预期的,我看你这段时间好像学习蛮认真的,会偷偷想象你大概能到一个什么名次。没有达到我的预期,我不开心是很正常的,你给我两天时间,暂且忍受一下,两天之后,我心平气和了,我们再聊问题出在哪儿。"

后来我女儿就接受了。

上一次月考,她其实有两门没考好。那天早上我送她去上学,路上就不想和她说话,我说:"你今天就自己听听音乐吧。"

然后到了单位,我就收到女儿发的一封邮件,说:"这次生气不要时间太长,我自己知道大概什么情况,我接下来会努力的。你今天要开开心心地工作,尽快把心态调整过来,明天我们来聊一下这次月考的大致情况。"然后我就给她回邮件:"不好意思,早上给你脸色看了。"我说,"我知道了,我会尽快调整的,明天我们来讨论"。

我觉得我也有情绪,我不能一直憋着,但是我也不会对她恶语相加。我现在的想法就是我会告诉她,因为人都不能免俗，都有七情六欲，对吗？

陈瑜 虽然咱们都知道最好不要对孩子的成绩有太大的情绪反应，但你们母女俩可以把情绪"说"出来，让孩子理解你有情绪的原因，然后再一起来面对问题——这个处理方式很棒！

桃妈 现在老师也好，同学也好，评价所谓的好学生，大部分是看学习成绩。我跟我女儿说："我们不否认学习成绩是重要的项目，但它绝对不是唯一标准。你进了社会就知道，当初在你们学校里学习成绩顶级好的那些孩子，长大后也有不怎么样的，所以做人是根本。"

陈瑜 你对好孩子的评价标准是什么？

桃妈 大概有一个比例吧，6∶3∶1。

60%是你作为学生，必须达到及格标准，学习成绩在中上水平就可以了。

30%是要学会跟你的同学、老师相处。在我们看来，从小学到初中再到高中，同学情谊是很珍贵的，这是青春的意义。我们一直跟她说："你去学校绝对不是单为了学习书本上的知识。"

10%是你自己要开心。这个是底线，就是这100分中首先要有这个10分，这个10分是必须牢牢抓在自己手里的。

陈瑜 你女儿一直是开开心心的吗？

桃妈 她昨天正好和我说了一件事情，或许能够回答你这个问题。她的语文老师在课上问同学们一个问题："我知道好多同学的愿望或者说理想是成为一个很有用的人。我想问一下，你们有没有人曾经把'让自己过得开心快乐'作为自己的人生理想？如果有的话，请举手。"

然后我女儿就很震惊，因为他们班好多孩子都在下面摇头。她本来想举手的，一看没有人举手，她也不好意思，就没举。但是她回来跟我说："妈妈，我们班内卷太严重，生活不就是为了让自己开心吗？为什么这个都不举手？"

对于这个观点，我们俩昨天晚上讨论了很久。

陈瑜 女儿说的内卷很严重，是什么样的一个景象？

桃妈 我听说他们班下课后或者在自由活动时间，超过2/3的孩子都继续留在座位上写作业或者背单词。有几个成绩特别好的孩子，会预测老师布置什么作业，然后把这一个星期的作业都提前写完。反正他们都很拼。

我再给你说一个例子。他们班大部分孩子是住宿的，晚上11点关门熄灯。小姑娘们都备了一个台灯，熄灯后还会打开台灯抓紧时间看书复习，比谁睡得晚。

我女儿说："我不能住宿，一定要走读。"她适应不了住宿生活，她觉得如果一天全都在学校里面，人会崩溃的，她必须一张一弛，她自己知道的。

陈瑜 那些女生最晚会几点睡？

桃妈 要考试的时候，有的小朋友凌晨两三点才会睡觉，第二天上副课的时候，就趴在桌上补觉。

现在这种现象还蛮多的。我听说另一个学校比我女儿高一届的一个女生，夜里两三点钟睡，早晨 5:00 起来，一年过后，生理期都失调啦。

陈瑜　住宿的话，也没有家长在边上逼她们呀！

桃妈　孩子们很好强，给自己压力太大，心态很紧张。

我周围好多孩子将来都想做一份赚钱的工作，不光是我女儿这个班的孩子。我接触的好多孩子，你问他们有什么大的目标？没有的；要干什么？要考清北。

他们学习的动力可能有，因为要考清北，但是生存的动力或者生活动力是不够的，所以很多孩子到了大学里都出现了"空心病"[1]，不知道自己想做一个什么样的人，也不知道自己想怎样生活在这个世界上。

- 03 -

陈瑜　在这样的学业环境下，你女儿压力大吗？

桃妈　压力肯定是有的，因为进入高中后，强手如云，她觉得自己很"菜"，但她心态调整得还可以。

陈瑜　爸爸妈妈在边上做些什么？

桃妈　这不是一蹴而就的，是从她小时候就慢慢培养的。

---

[1] 价值观缺陷导致部分大学生产生的心理障碍。——编者注

她小学二年级时,我会带她去儿童福利院做志愿服务。小学时,很多个双休日,我们都在干我们认为属于素质教育的事,因此认识了一批妈妈,会自己组织活动。

比如十个孩子,两两一对,让他们在上海独立行走一天,完成一些任务。仅仅给孩子一百元,让他们去吃一顿饭、开发票,去博物馆参观找一样东西,去某个咖啡馆给未来的自己寄一封信,去派出所咨询一个户籍方面的问题,去商场给自己买一双袜子、给奶奶买一份礼物……就是这样的一些小任务。一整天下来后,吃一顿盛大的晚餐,开个总结会。

十个家长,交叉陪同,不跟自己的孩子,只负责随行,过程中哪怕孩子丢钱了、走错了、回不来了,随行妈妈也什么话都不提醒,只负责防止坏人靠近。

"独立行"慢慢搞起来之后,我们走出上海市,去过南京、无锡,都是孩子们自己订火车票、订酒店,安排行程。这对于小朋友认识世界、和同龄人相处很有帮助,她真的就不会把眼光只局限在那些奥数、英文上。

陈瑜 这个活动特别好!现在很多小孩的现实感很弱,绝大部分时间花在学业和网络上,但你们在孩子很小的时候,就已经让他们在现实社会当中处理一些实际的事务,这种锻炼还真是蛮难得的,比较少有家长愿意把孩子的时间"耗"在这些事情上。

桃妈 对,大家可能还是想抗争一下内卷太严重的这样一个状态。

我们这个活动群的孩子，分布在全市各个学校，最起码大家的心态都相对比较好，而且我们觉得小朋友未来走向社会的综合能力是不弱的。

我们玩得比较好的有二十来个孩子。从初中开始，随便让孩子们定一个周边城市三日游，所有的行程孩子们都能搞定，所以我从来不担心我们家小朋友在外跟人沟通，这个是她的强项。

从她四年级开始，也是经一个妈妈推荐，她作为常年志愿者，去区图书馆给大约二十个幼儿园小朋友讲绘本，每个月去一到两次。从四年级一直坚持到初三，因为疫情停止了，坚持了六七年。

在孩子上初中期间，我们还请一些朋友或家长给孩子做职业介绍，总共介绍了二十多种职业。我们会先花一个小时讲我们每天工作都干什么，我们要面对什么样的人，工作的快乐是什么、难点是什么……然后让小朋友按照他们的想象和理解进行提问。

陈瑜 很有意思！我觉得其实就看家长混什么妈妈群，如果混内卷妈妈群，就卷得不行，你参与的群就是很"白月光"的那种。

桃妈 其实我们白月光的，也会被现实打倒，到最后也要看成绩。我女儿小学之前没有上过辅导班。我记得很清楚，二年级的时候，她对我说："妈妈，我们班一个女生英语很强，如果她现在的英语是一棵大树的话,那我就是个坑。我不能和她比,完全比不了的。"我说:"没关系的,我们从现在开始往上走就好了。"但是,她当时对英语就有一点阴影,或者说有一点惧怕。

当时有一个契机,就是学校里好像有一个英文歌曲比赛。当时阿黛尔的 Someone Like You (《像你这样的人》) 那首歌刚红。因为我女儿从小就很喜欢唱歌,我就跟她说:"要不我们突破一下自己,学学这首歌?"我说,"你一个二年级的小朋友去学唱这首歌,只要能把它唱下来,你的名次肯定不会差的。"

她当时是不听英文歌的,我就拼命鼓动她。她因为小嘛,就听我们的了,然后真的就学下来了。

那一次英文歌曲比赛,她得了一等奖。也就是因为这个契机,她疯狂地喜欢上了英文歌曲,由此慢慢带动了她的英语学习,现在她英语还不错。

陈瑜 如果孩子说自己英语落后,很多家长的第一反应是"咱们赶紧去报一个班",但是你会看到孩子的特长,看怎么把二者结合起来,先让她获得成就感,再来推动她,这个做法很有智慧。

你在这个过程中有没有过犹豫,觉得其他同学已经学了那么多了,我们还在给小朋友讲绘本?

桃妈 有,肯定是有过,但是没有后悔,只是不断反省。

我女儿初中有一段时间数学不太好，我们就说："哎呀，你看人家小朋友小学里已经把初中数学全部学完了，现在多得心应手！我们当时在干什么呀？周末都不好好学数学。"我还跟我女儿说："再让我重来一次，周末要全部上数学！我就不信了！我们和其他孩子智力上没什么差距的，就是一个提没提前学的问题！"

我们有过类似的对话，但之后我会反省。

陈瑜 听你这么说，孩子什么反应？

桃妈 还没等她有什么反应，我自己就又给圆回来了。我说："不过，生命就只有一次，我觉得我们这样挺开心的。"她说："对的，我们这样挺开心的。"结果也没什么不好。

因为我们结果还可以，顺着这条路走得还算可以，所以我没有后悔，还自得其乐。不过，私下跟你说，如果我之前折腾了半天，而到现在不是很好，我很可能会后悔。

陈瑜 这就是问题所在。其实很多爸爸妈妈就是怕输掉，扛不住这个结果。万一孩子进不了好学校，他们会觉得很愧对孩子。

桃妈 我多多少少也会有这样的想法。但实际上，人不能往回想："万一结果不好，我该怎么办？"我们不能倒推。

陈瑜 对，所以归根结底还是理念问题：我们能不能有一个稳定的价值观，这个价值观不会随着孩子的成绩好坏、学校高下而波动？我们就认准这条路是好的、对的，哪怕她暂时没有进入一所好学校，我们依然认同这条路是对的——我觉得这可能是更坚定的理念。

桃妈 我理解你的意思,我觉得相对来说,我应该能定得住,因为我始终觉得人生路长着呢,关键看你怎么走。

我觉得不要等到孩子初三才跟他们说这些,而应该很早就把这个理念灌输给他们。家长要有预见性,不要碰到问题再给孩子上纲上线,孩子会觉得你是在针对他。我就是在问题还没出现的时候,先把这些铺垫好,我女儿就会觉得我真的不是针对这件事给她提这些要求的。

陈瑜 因为针对这件事提要求的话,她本能地就会很反感,觉得妈妈是站在她的对立面的。

桃妈 对。

- 04 -

陈瑜 这一路,除了一段时间有些学业压力带来的困扰,还碰到过其他什么坎儿吗?

桃妈 她初中阶段碰到过一个坎儿的——换了一位第一次当班主任的男老师,相对年轻,还没结婚。

学期结束评优时,我女儿按常规应该是优秀班干部,但老师什么也没说,直接把她放到优秀学员中了。

孩子比较敏感,回来就跟我说,她觉得这个老师对她印象不好。有了这个印象之后,老师再做什么,她都戴着有色眼镜来体会这个老师对她的态度,慢慢地心里就有了很多想法。正好女儿数学也不太好,班主任又是个数学老师,有了这个情况,她有一段时间数学成绩下降得很严重,上课也不想好好听了。后来,她跟我说:"妈妈,我能不能转学?我不想在这个班主任的班里。"

我觉得从老师的角度考虑,他有很正当的理由,他可能认为有些事,不需要跟学生讨论。但是孩子们其实心里有一把尺,会因为某件事怀疑老师在针对自己。

我就跟女儿说:"我不太建议你转学。当然了,你如果一定要转,爸爸妈妈也会想办法。但是,我还是觉得人生碰到挫折,应该想办法扛过去,而不是碰到问题你就躲。"我给她建议:"先不用转学,你可以辞掉班委工作,安安心心学习。但是退出来之后,你要想办法搞定你和老师的关系,这对你来说是一个考验。"

我跟她分析说:"每个人都有自己的多面性,这个班主任他可能在个性方面不善于跟人沟通,但是学校之所以委派他到你们班上来当班主任,一定是因为他教学能力很强,他在数学老师这个岗位上绝对是称职的。你现在碰到的很多问题都是因为他做班主任没有经验,既然你退出了班委,纯粹作为一个学生,你就应该接受他作为数学老师对你的意义所在。"

我就问她:"你对这个老师的数学教学认可吧?"她说"认可的"。我说:"你就站在这个角度,重新认识这个老师,接纳他,然后重新把关系处理好。"我还说:"我相信你肯定行,不但你的数学成绩能上去,而且你跟老师的关系也能处得好。你最大的本事就是即使觉得这个老师不喜欢你,或者说不认可你,你也能通过你的方式,最终让他接受你——我觉得这是妈妈在你初中这段时间对你最大的一个期望。"

她听进了我的话,其实她和老师没什么深仇大恨,一旦在心里面说服自己把那股排斥的劲儿过去了,也就接受了。班主任是无心的。第一次做班主任,做决定时,他可能没有考虑孩子的情绪。他其实对孩子们是倾心竭力的,一心想为孩子们好的,只不过可能先前的处理方式在孩子看来有些偏颇。

时间长了,这个老师很愿意和同学们沟通,初三时也会跟大家聊升学的事,有意识地谈心。一旦心里没有隔阂了,没有那种抵触的情绪,愿意接纳了,其实人和人是很容易相处的。

她现在跟那个老师关系很好,上高中后有时候还会回初中去找他聊天,跟他谈谈现在在高中数学学得怎么样,老师会给她一些指导。她前两天发了个帖子,说喜欢到初中去找班主任老师聊天,她说他还会从学长的角度给自己很多建议。

曾经的一个坎儿让她跨过去了,我觉得对她来说是一笔财富。

陈瑜 嗯,这其实是在教孩子,我们不能"因言废人",不能因为这个人说了一句话,就把他整个人的价值给抹杀了。

桃妈 没错。

- 05 -

陈瑜 你先前提到你觉得你先生在跟孩子沟通方面不如你,他在亲子教育里边扮演什么角色?

桃妈 我们家爸爸工作很忙,他在亲子教育里面扮演的应该是最后那根红线。有时候我学习方法上实在搞不定的,或者在孩子大是大非的问题上我没有把握的,我都会去问他,让他帮我出谋划策。

他会提意见,但是他不是很适合去跟小朋友聊,因为他相对来说比较传统,大男子主义比较严重,如果他跟小朋友聊,情绪就会有波动。

目前在女儿高中阶段,爸爸主要的功能其实就是负责让女儿开心、泡茶、拍马屁、不谈学习只侃大山的那种。

陈瑜 他不管学习?

桃妈　爸爸只是负责这个周末去哪里吃饭,"你来选,爸爸都满足",他就属于这种。

陈瑜　这又是你聪明的地方。你看到他擅长的和不擅长的,规避掉了他容易制造麻烦的风险,所以他们父女关系还是不错的,是吧?

桃妈　对,没错,父女关系挺好的。如果我和女儿两个人出门,我们都是手牵手的,但如果我们三个人一起出去,基本上都是女儿跟爸爸手牵手走,或者她挽着她爸爸,我都是一个人。

　　　肯定是我跟我女儿关系最好,但是三个人一起出去的时候,看起来都是她跟她爸更好。

陈瑜　我之前就在想,你跟女儿的关系这么紧密,会不会把爸爸给排除在外了。你处理得真好!

　　　最后问你一个问题。你和女儿什么都聊,也不会回避社会的复杂性,那你们会聊学生跳楼轻生的新闻吗?很多家长会很避讳。

桃妈　聊啊! 这是我女儿特别不能接受的地方,她会说生命多可贵,人生就这一次。我说:"小朋友跳楼会有很多原因,最大的一个原因是父母没有成为他们的后盾。"我跟我们家孩子说:"外面的社会,不管是善意的人多,还是恶意的人多,都没有人有义务来打磨你。不管在外面碰到什么事情,你一定要知道家里面是有后盾的,可以回来跟父母沟通,总会找到解决的方法。父母就是你的依靠，没有什么事情是过不去的。你在外面碰到一切困难，跟爸妈讲都是没问题的。"

陈瑜 你家女儿回来跟你讲，是没问题的，但很多孩子回去讲是有问题的，甚至会让情况变得更糟糕，他们就会感到绝望。

桃妈 对。

陈瑜 所以家庭教育是否能给孩子托底，这个"底"够不够扎实，真的是关键。尤其是在今天这种竞争激烈的学习环境下，筑好这个"底"才是我们家长该做的事。

桃妈 对啊，孩子跟你是有血缘关系的，最亲密的伴侣也只是契约关系。孩子跟你有血缘关系，你都没法儿做好他的后盾，那他又能找谁来做自己的后盾呢？！

No.

10

学霸差点厌学，
爸妈像大山一样托住他

父母档案

姓名： L

身份： 爸爸

概况： 儿子读初一，小学时考年级第一，进入重点中学后成绩不再辉煌。夫妻俩的认知让他们有力量稳稳地托住孩子，帮助他度过适应期。

这个落差这么大，别说孩子受不了，连家长都想不到！

L的儿子在公立小学读书，成绩年级第一，作为优秀学生代表在毕业典礼上发言。摇号"中奖"后，他进了一所重点民办初中，但辉煌不再。就算不断努力，短期内还是难见成效，期中考试之后，儿子被分到基础最弱的班。于是，孩子开始肚子痛。

我采访过不少休学的学霸，都是在这个节骨眼上撑不住了。幸亏L的儿子有这样一对爸爸妈妈，像大山一样托着他，给他力量。

看到L是如何劝慰儿子的——他说得诚恳、到位，真是无可挑剔——我在内心给他竖起了大拇指！

"一切的根源，就是父母的认知。"L总结说。我特别同意。

- 01 -

L 一开始我都没想过要让孩子去读民办初中，因为我们从小不补课，读民办不可能。后来突然间政策变动，小升初变成摇号制了，我们就犹豫去还是不去。

当时之所以还是去摇了，是因为这个学校离我们家只隔了两个红绿灯，对于上初中的孩子来说，睡眠更重要。

摇号摇中以后，我们给他打了大量的预防针："可能你进去会有很大的落差，人家小时候都是读书读得很辛苦的，你和他们肯定有差距。"我儿子说："我知道。"

当然，不光是他不知道，我们也没想到，实际上会有这么大的落差！我们突然间意识到，人家是花了五年时间、每天晚上熬到 11 点拼出来的，我们不可能瞬间超越。

刚进学校的时候，他回来的时候还说："那个第一名我要超过他。"小学的时候他讲完这句话，回头拼一下，人家真的会被他超过。现在就不行了，他后来努力了几次，一直不行。他甚至觉得这个目标都有点讽刺："我也好意思拿'超越第一名'做目标？"

有一次考完试后，他们班的体育委员对我儿子说："你这次居然考得比我好。"可想而知他在班里的定位，可能就是最后面那个梯队的。

他自己真的努力了，笔记做得好认真，但没有效果，他就崩溃了。字也不好好写了，乱写乱涂。天哪，那是甲骨文吗？

陈瑜 孩子最崩溃的时候是什么表现？

L 期中考试结束以后，他肚子痛。

刚进这个学校时不分班，预备班第一次期中考试结束以后，开始分班。校长说这叫"分类教育"。他其实很讲教育公平的，但他说："再不分类教育，大家一锅粥都糊掉了。成绩差的同学，不是说不去教他们，老师都是好老师，也会用心去教，只是现在先要给他们打基础。基础不扎实，去谈什么提高？那些基础好的同学，当然要去帮他们拔高一下。"所以他们把全年级学生分成了三个等级，也希望我们家长去理解、认可。

陈瑜　　小L被分到了基础最弱的班，他有点受不了？

L　　　铁定的。就等于这个门他是出不去的，只能好好待着，然后他就觉得受不了了。

陈瑜　　他说自己肚子疼，你们是什么反应？

L　　　我老婆学过心理学，第一反应就是，儿子肯定不是消化问题导致的肚子疼，而是心理问题，因为肠胃本身是受到心情影响很大的器官。

　　　　然后我们仔细观察，发现他周六肚子不痛，一到周一早上就肚子痛，痛得早饭都吃不下，明显就是因为读书的事情。我们三个人一起坐下来很认真地谈了一次。我告诉他："你觉得行就行，不行就退出嘛，没什么，我去跟校长谈一下。整件事情你觉得有任何面子上挂不住的，行，我冲在你前面！不需要想太多，只要你说不想玩了，只要你开口，你相信老爸马上就能帮你把这件事情办妥！"

他最后说了一句:"我再试一个月,如果不行再考虑。"

陈瑜 你这种话说出去,会给小孩很大的力量。

L 他应该知道我是认真的,他也相信我讲的是真的。

我觉得我老婆的方式是对的,儿子作业做不出来,就用铅笔轻轻地写好,让他抄就是了。她没有说"你的作业要自己做",而是让孩子完成任务就好了,糊弄过去再说。

糊弄过去的好处在哪里?首先孩子明天不会被老师骂。因为挨骂了以后,孩子的心情会不好,其实压力会增加,所以先完成再说,先帮他这样混过去。

陈瑜 很多家长就做不到让孩子抄作业,会觉得孩子知识点没有搞懂,后面累积起来就很麻烦。你们当时会有这样的顾虑吗?

L 抄作业是为了应对明天的检查,并不是说他明天放学回来以后,我不会帮他剖析这个问题。有机会就剖析,没机会就先应付过去。

什么时候有机会?如果今天作业比较少,那么把昨天那个问题再翻出来讲一讲不就好了?或者到了周末有时间了,再讲一下就可以了。但千万不要在那一刻僵持住,明天要交作业了,孩子心里也怕。晚上老爸老妈不但不帮忙,还要发脾气,把他先训一顿,他会有什么感受?这不是两头为难了嘛!

陈瑜 嗯,你们懂孩子,给孩子托底托得好!

L 他上小学后就自己睡了,反而是上预备班这段时间,他跟我们一起睡了一个礼拜,他睡中间。这么高个子的人,和我们睡在一起是很难受的,所以半夜我会跑到小房间去睡。其实,我们就想给他安全感,"没事的,没什么大不了的"。我还很明确地告诉他:"儿子,你老爸当年是个学渣,渣到什么地步呢?大家都不用担心会考最后一名,反正有我在嘛。第一名轮流换,最后一名我从来没有让过。"

陈瑜 你心态真好。

L 我就明确告诉他:"我就从来没及格过,你老爸一直就是考100分的,不过是语数外三门加起来100分。"

陈瑜 你这么说,不怕他看不起你吗?

L 这一刻我觉得这个不重要,为什么?一定要保留住他的信心。再说了,我觉得一个孩子对于父亲的情感,不是说父亲厉害他就崇拜,不厉害就不崇拜的。

有时候我老婆教我儿子背单词,说"你去问一下你老爸认识不认识"。他很开心,在他那边我已经是一块垫脚石。我不需要再去伪装什么,所以有些东西不如坦白地讲,这没什么的。坦然不是一个更高的境界吗?

其实我就是要给他彻底的安全感:读书读得差没有关系,真的不会死的。简单地说,当时我就差拿存款证明给他看了。我们背着他也找过认识的一位心理老师,老师也说,"你们这样是对的,要告诉他,天不会塌下来"。

— 02 —

L　那个月,孩子成绩没有太大的变化,但是发生了一些什么变化呢?在学校时间稍微长一点以后,他就认识了一些新朋友,肯定是和他成绩差不多的,最后就混到一起去了。那个时候他就觉得,也不是他一个人读得这么烂。

很巧,他的两个好朋友有一个永远比他成绩好,另一个怎么都考不过他。那个时候,他日子就很好过了,也慢慢接受自己是平凡的,找到了一个比较适合自己的环境,应该是释怀了。

陈瑜　我在跟很多小孩接触的过程中也发现,如果孩子在学业方面受到了打击,也没有很要好的朋友的话,那学校里就没有什么能勾住他的东西了,还蛮容易休学的。

L　嗯,同伴有时候比长辈的作用还重要。

他妈妈陪他做作业,时间久了以后,慢慢他也就觉得其实没那么难,有些问题只是套路性的。慢慢地他就跟上了,成绩稍微好了一点,开学焦虑的问题算是彻底过去了。到期末考试,他还是紧张了一下,但是还好,因为我们也知道怎么处理,以安抚为主,就过去了。预备班结束之后到了初一,就没什么问题了。

他初一爬到了中等班,现在很稳了,掉回去的可能性绝对不存在了,他现在的目标又往上提了。

去年，我们有将近一个学期没有管他。每天吃完晚饭，我和我老婆就出去散步，一个小时之后回来。他做完了学校作业，自己再做课外题。

我跟老婆说，预备班经历过比较大的波动，我认为以后类似小的余震还可能会有，但是我相信余震的持续时间和强度一定不会超过这一次。以后要是遇到了，我们反正就继续这样面对，他会用更短的时间去把自己调整好，或者说我们尽量少帮助孩子，让他自己去调整好，这样他慢慢就学会了自己调整心理状态。从更长远的角度来看，他总要学会这些。总不能到40岁了，我再来抱抱他，我抱不动了啊！

陈瑜 对，特别好。

L 当然，身在其中时，我们肯定不是这个心态。事情结束了以后，现在回头看，我们真觉得好幸运，在孩子这个年龄段碰到了这样一件事情：预备班的学习焦虑可能说大不大、说小不小，孩子栽了一个不大不小的跟头，这个跟头但凡再大一点，他站不起来了，怎么办？这个跟头如果更小一点，其实也不会让他这么刻骨铭心，对以后他应付大型考试的作用也许不会这么大。

虽然那天还没来，但我们已经可以想象一下，如果在中考前他说有压力，我们只要跟他讲："你还记得当年预备班时的事吗？你不也爬出来了嘛，再爬一次就好了。"

陈瑜 对，早点经历失败，然后从失败中走出来，把这个经验迁移到其他方面，孩子就有应对困难的能力了。

L　对的。关键是他自己会相信，既然当年能爬出来，那么以后他也一定能爬得出来。只要他能拥有这样的信念，让我们怎么帮忙都无所谓的。

陈瑜　我也觉得这种事情让孩子早一点去体验，其实不是坏事情。

L　对的，因为这个时候他还小，我们有很多种办法能补救。

我爸每次遇到困难的时候，就会讲："实在不行，哪里来回哪里去。"有什么拿得起、放不下的？我们老家有一句话："乐得如此，活得如此。"就是说如果有好日子过，就乐得去过好日子，但如果没有好日子过，也没关系，人生不过就是如此。

我是平地起家的，我不怕失败。如果你像我这样直接在地上爬，地板很结实，掉不下去的，你就没什么好害怕的。当你什么都不害怕的时候，其实马上就往上走了，是不是？

孩子心态恢复得差不多了，我们才跟班主任摊开来说。班主任也说："班里好多类似的情况。"

一年多了，很多小朋友还没走出来，只不过他们可能没表现出来。家长如果没有这方面知识的话，也许孩子现在还在叫肚子痛，而父母还在给他吃吗丁啉。

所以我认为一切的根源，就是父母的认知。

- 03 -

陈瑜 你小时候读书真的是垫底的吗?

L 确实是很差,差到什么地步呢?倒数第二名都落我很远,他"追不上"我的,除非他交白卷。

我觉得现在的父母都想要提炼出最好的东西给孩子,但万一他们提炼的是错误的,怎么办?这个可能就要回到我们小时候是如何成长的问题上。

我们70后、80后经历过计划经济时代,一页纸的前后两面都看过了以后,才会感受到变化太巨大了。我老家走在了改革前沿,当时乡镇企业如日方升。我父亲是一家国有企业的法人,改革春风吹来了以后,他脑筋比较活,就引领公司直接走上市场经济的道路。他是属于先走起来的这批人,这个对我的影响可能比较大。

他把工资架构都改掉了,把计划表撕掉,让各个科室自己出去做生意,不要惦记死工资,按业绩提成。当时人们的工资一般是几十块,而他们厂那些科长一个月的薪水可以有上千块,很厉害的。

他们天南海北地做生意,经常会跑到我们家来聊天。他们当时最远跑到云南边境,跟缅甸人做木材生意,甚至有人去苏联,用食品换军用望远镜。当时江浙一带发展比较快,电不够用,而山区的电用不完,他们就找到那边的电厂,把电买过来。

所以从那一刻开始,我的世界被打开了:原来生意还能这么做,什么玩法都有!他们在我们家的客厅里聊天,我就拿个小板凳坐在边上吃瓜子,这是我那时候最喜欢做的事。读书?没兴趣,不要烦我。怎么会好好读书?读什么书啊?

我成绩这么差,我爸硬把我塞到我们省最好的中学,那日子怎么过啊?我用得着担心人家"超越"我这个倒数第一吗?不可能的!全省的学霸都在那所学校,我读书的信心已经彻底没了。不管老师说什么,我都听不懂,这还读什么书?

20世纪90年代初,开发浦东,我爸作为第一批进驻浦东的房地产商,又被安排到上海,在这边生意做得非常大。我初三的时候被转到上海,为什么转过来?因为高中要考不上了。

我爸知道我读书不好,就不跟我聊读书了,宁可跟我聊聊做生意的事情:这次去哪里做生意,碰到了什么样的事情,遇到个什么人……所以我会听到各种各样的、起起落落的故事。

总体来说,我们是幸运的,我们经历了这个时代。是时代改变了我们,我们哪有能力改变时代?我们不过是随波逐流。怀着一颗感恩的心去面对现在所得到的这一切时,就不会跟孩子说"你要读书啊,读书会改变命运",因为我觉得是时代改变命运。

陈瑜 那我反过来问你：你之所以有底气成绩那么差，是不是因为有老爸这棵大树罩着你？

L 去年一帮初中同学聚会，他们也说："你不至于笨到这个地步。你是故意往差了去读，否则不会这么差的。"

陈瑜 哈哈哈。

L 怎么说呢？如果你有一个产业无数的老爸，你也没必要这么辛苦嘛！我爸建楼，我继承下来，就是个包租公，当包租公还用动脑子吗？

当然，后来没想到，我爸突然间脑梗死，走得非常快，我们家一下子家道中落。

陈瑜 你有没有想过自己读了书以后，可以另起一个"帝国"？

L 我没那么大的野心。

虽然小时候家境好，但是我没有感受到特别不一样。在外地读书时，分公司当时派人送我上下学。没多久，我老爸就给我搞了一辆自行车，让我自己骑去吧。我也觉得自己骑车挺好的，干吗要人送？

我老婆是我初中同学，一直到结婚以后她才知道："哦，你们家居然搞这么大动静。"

陈瑜 其实我觉得你的这种好心态跟你的家庭背景和积累也有一定的关系。

L 有一定的关系。但是我的意思就是，现在有很多有钱人，他们为什么捧着一堆钱还在那边发愁？有什么事情这么想不通？

陈瑜 我在想，那些中产阶层的钱是靠自己拼命读书、工作赚出来的，他们会有那种危机感，然后会觉得如果小孩不努力读书，阶层就跌落了。

L 对对对，我相信是有的。但是我的意思是说，他们可能一直忙于奋斗、读书，后面一步步都被这个时代安排好，人忙到一定地步了以后，会没有时间停下来思考一些东西。而我因为成绩比较差，所以一直在边上坐着，没事干、旁观。

就像我最开始讲的，真的是读书好改变了人的命运吗？中国历来都讲读书，过去有人考状元考到六七十岁，但是有改变吗？他如果不巧生活在一个战乱年代，考出状元又怎么样，明天不是还得上战场？所以改变我们的真的是书吗？不，是时代。

陈瑜 每个人都是跟着这个时代往前走。

L 是的。

陈瑜 我再问你一个问题：你觉得决定一个人的命运，时代的因素是最大的，个人的因素是很小的，那个人的主动性体现在哪里呢？

L 这个时候只能说要提升自己的内涵，这是自身修为的问题。对于我爸搞的那一堆事，我在家里就不讲了，我也不允许我老婆在我儿子面前提起。我单独跟我的心理医生聊过，我不想让儿子从商,因为大起大落、颠沛流离、与家人聚少离多的经历不是很舒服的。

但是我觉得很可怕的一个事情是,我儿子总想知道爷爷是干什么的。他说:"你们都瞒着我。"更可怕的是,越瞒着他,他表现得越像我爸。我说,过得平淡一点不好吗?他的意思是他想干一些事。倒也不是说迷信,有的东西就是一种传承,所以其实是灭不掉的。只不过我想提醒他,不要搞太大动静啊,还是过小日子为主。但不管他以后做什么选择,我们都应该会支持。

其实对于读书这件事情,我并不说是反感。我读书很差,但是我从来没有说过读书无用,我一直坚信读书是有用的。但是读书不要死读书,只追求成绩,只是为了去一所好的学校。

我的意思就是,有些读书比我好的人,实际上可能什么都没搞明白。读书是读思维模式和逻辑,学的是学习方法,知识是学不完的,但学习方法是可以用一辈子的。

现在有多少新兴职业出现,又有多少老的职业消失?明天的世界会怎么样?我不知道。所以读书的目的是训练这颗脑袋,而不是去记忆知识。现在大环境所致,没有办法。但是在读书的时候,必须时刻提醒自己:不要死读书。如果将来孩子长大了,选择什么职业还要来问我,那就太可悲了!

很多家长说："你要听我的，我的社会资源要给到你，这样你可以站在我的肩膀上。"但这些资源可能会毁了孩子。我们可以用讲故事的形式告诉孩子，让孩子把我们当一本书来读就行了，但是真的没有必要参与其中。我们尽量呈现给他们看，他们读完后要自己去理解。

我们让小孩子第一要学好，第二要有情商——这真的很重要。要帮助他们养成好的心态和正确的世界观，至于以后如何，就靠他们自己随机应变吧！

No.

11

"曾被女儿砍伤、用绳子勒到窒息，而现在我们成为闺密一起创业"

父母档案

姓名：T妈

身份：妈妈

概况：女儿15岁，退学创业中。读书不是唯一的出路，当得到了妈妈完全的理解和接纳之后，孩子的天地变得广阔起来。

T妈是我在"少年大不同"课程学员里觅到的一位"宝藏妈妈"。那天,看她在群里的寥寥几句发言,觉得背后一定有故事,私下添加了她的好友。

T妈不容易。她本身患有双相情感障碍①,从上大学至今,反复发作,医生诊断她需要终生服药。

她是工程师,离异后,独自照顾女儿。但让她操心的是,女儿入学不久,就被确诊为注意缺陷多动障碍(又称"儿童多动症"),分数一路下滑到个位数。初中时,母女俩大打出手,她曾被女儿砍伤、用绳子勒到窒息。

访谈前,T妈写了些基本情况给我,平静地讲述了她的经历和转变,没有一丝怨恨。眼下她正在配合女儿修改样衣,今年7月孩子年满16岁,就有资格在淘宝上申请开店了。

---

① 既有抑郁症发作又有躁狂症发作的一类心理疾病。——编者注

- 01 -

陈瑜 什么时候发现孩子有注意力方面的问题？

T妈 她一年级的时候上课注意力就不行，思绪会飘出去，坐不住，老师就让我们去医院检查。那时医生说："她现在还太小，也不适合用药，到三年级再来看一下。"

她三年级时，我又带她到一个专科门诊去看，确诊是注意缺陷多动障碍，要吃药的。

但是她很奇怪，不知道是生理原因还是心理原因，医生给配的药，她一吃就吐，会把所有东西都吐光。医生也换了很多类型的药，她都试过，都不行，然后没办法，就不吃药了。

陈瑜 一般患有多动症的孩子，上课效率比较低，成绩不好，但你女儿一、二年级时还能考满分，这是怎么回事呢？

T妈 她其实很聪明的，智商测试得分是132。她属于那种如果认真听了5分钟，那5分钟听的东西就会完全掌握的孩子。我自己数学比较好，她没听的题目，我都能教她。

当时学奥数，老师也一直说，她如果上课能多认真听一会儿的话，就能在班里名列前茅，但是她只能听个三五分钟。

四、五年级时，她的成绩是中下游，还没到垫底的程度。她平时成绩都很差，到期中、期末大考之前，她还是愿意花点时间努力一下，能稍微往前奔个5名、10名。

	她当然也想考得好点,做班级最后的一两名肯定不好嘛。但是你要让她一直保持注意力集中,她做不到,太难了。
陈瑜	当时她在学校是这样的表现,也确诊了,但又没法儿用药,你是什么心态?
T妈	那时候我对多动症不了解,后来看了很多国外资料才知道,有些人前额叶发育不好,可能终生都有注意力问题。到孩子五、六年级,我才完全理解这个事情。
陈瑜	看着她学习成绩往下走,可能学习状态也不是太好,你会责备她吗?
T妈	这倒没有,因为当时觉得她只是比人家晚个一两年,我们本来在班级里年龄最小,大不了就留一级嘛,慢慢就跟上了,所以也没有特别去责备她。
陈瑜	很多多动症孩子的家长,本身不太理解这个病,会反过来骂孩子上课不专心,责备孩子,搞得小孩子在小学阶段就非常厌学。你在学习方面,对女儿相对比较包容。
T妈	对,这方面还算可以,但是她的成绩一直掉,到初中下滑得更严重了,基本上只考几分、十几分、二十几分。我是会有一种焦虑情绪的,其实孩子还是很敏感的,就算我不说出来,她也能感受到。 随着年纪增长,她的注意力缺陷问题没有改善,反而越来越明显。她写作业特别慢,拖拖拉拉,我会陪她熬到凌晨2点。白天她上课睡觉,我常常被老师叫到学校去。

差不多就是她读预备班的时候,我们经常为这个事情吵。其实那时候不是为成绩吵,而是为写作业吵,吵到最后,亲子关系非常糟糕。

陈瑜　有没有可能跟老师去说,小孩子有这样的情况,取得老师的支持,让老师把她的作业减少一些?

T妈　其实老师还挺好的,也经常跟我沟通她在学校的情况。但是作为老师,肯定觉得这个孩子搞特殊、不交作业是有问题的。我当时也没有这个意识。

后来我们的亲子关系一直在恶化。一般都是她先刺激我,说一些不太好听的话。她也很倔,我要她往东,她偏往西,就是那种跟我对着干的感觉,我就接受不了,我就会坚持让她往东,然后冲突就会不断升级。

- 02 -

陈瑜　妈妈和女儿打架,听上去还蛮激烈的,怎么会发展到动手了?

T妈　我越来越难受,觉得"你怎么那么不听话",到最后就动手了。我打她,她也会反抗,反过来打我,也会揪我的头发,我气得不行。

陈瑜　会不会蛮震惊,说"这小孩怎么开始打我了"?

T妈	会的，会有的。那时候她个子也长高了，人也长大了。我当时觉得她那就是青春期叛逆，就是这样子的。
我跟她一开始先吵架，然后开始打架，她气得不行，直接从厨房里找了把菜刀乱挥乱砍，砍到了我的手指，出了一点血，不是很严重，但是受伤了。
我很震惊，没有想到她会激烈反抗到这个程度。
陈瑜	女儿看到你流血了，是什么反应？
T妈	她就停下了，把刀放下了。
陈瑜	她拿绳子勒你脖子，是另一次发生的？
T妈	对，是另外一次。
陈瑜	你们吵架、打架的频率有多高？
T妈	一个星期会发生两到三次。
陈瑜	都是那么激烈吗？
T妈	一个星期里面，吵架比较多，大概两到三次；一个月里面，大概有一到两次可能会升级到打架。拿菜刀的这种只有一次，拿绳子一共有两次，还有三次离家出走。
陈瑜	你们每一次的冲突，都是因为写作业搞到凌晨，同样的模式一直在重复？
T妈	对，基本上是为写作业的事。
陈瑜	没有冲突的时候，你们还会说话吗？
T妈	一些正常的沟通还是有的，但是不说心里话。
我跟她说"吃饭了"，她就"嗯"；"写作业了"，"哦"——

她用最简单的一个字回复我。

陈瑜 你心里有很大的怨恨吗?

T妈 怨恨倒没有,就觉得这个状态不对,有问题了,我得想办法改变,但是我很抓狂,不知道怎么改变。

陈瑜 你一个人带孩子,家里也没有一个缓冲带,有问题的话,你们俩就会直接发生正面冲突。

T妈 对,是的,我跟她爸爸在她一年级的时候就离婚了,所以就像你讲的,一旦有冲突,没有任何人能来缓解或者调节一下。

- 03 -

T妈 正好那时候,陈默老师来我们学校开讲座,我就去听了,才发现其实问题出在我自己身上。然后我又听了你们"少年大不同"的网课"跟青春期孩子这样沟通就对了",就开始自己改。

两个人吵架,吵到最后会涉及道歉。之前,我会要求她先道歉,我觉得我是妈,她是孩子,肯定是她先道歉,而她不接受这个观点。我们两个就为道歉先后的问题,能耗上两个小时,两个人都很倔。

后来听了陈默老师的课,就觉得我干吗要浪费这两个小时去较劲，我先道歉，她下一秒就道歉了，这样问题不就解决了？没必要为此浪费时间。所以自己去改变，我先道歉，说："今天吵架时，我情绪失控了。"她很快就会说："对不起，我错了，我也不对。"

我一开始没有觉得问题出在我自己身上，当时觉得孩子有问题，所以想带她去看心理医生或者去做心理咨询。但是那时候我们的关系已经恶劣到这种程度了：我给的任何建议，她都不听，死活不配合。

直到我自己改变了，想法改变了，对她的态度也改变了，各方面才都改变了。特别明显的是我先道歉了，她很惊讶，因为她觉得我这辈子永远都不会改变这一点。她感受到了我的变化之后，我再跟她说去看心理医生这件事，她就同意了。

孩子其实是很敏感的，她什么都能感受到。

陈瑜 除了先道歉，其他方面你还有什么样的改变？

T妈 我不再逼着她把作业完成了，反过来，到她初一下学期、初二的时候，我去跟老师协商，作业量能不能减少，比如三门功课，我们每天就交一门的作业——今天交语文，明天交数学，后天交英语。到初二的时候，她确实只交一门作业，三门都做的话，她真的是做不到。

陈瑜 女儿听到这个安排，她怎么说？

T妈 她肯定很开心。我们之前一直为作业吵来吵去，其实谁都不想吵架、情绪失控的嘛。

陈瑜 三门中只做一门，她也就能够比较快地完成了。

T妈 对，9点多、10点左右就可以完成。然后，我们的亲子关系就开始一点点改善。

刚开始做心理咨询的时候，她对我的意见特别多，她的真实想法我都是不知道的，医生会转达给我。其实主要是沟通时我的表达习惯和语气，会让她不开心。比如说早上要起床去上学，马上要迟到了，我就会催她："快点啊，怎么这么慢！"她说："你为什么不能好好说话？你越催我越慢！"大概就是类似的问题。

慢慢地，不需要医生转达了，她会自己跟我沟通了。到后面我们两个人会讨论一些很深入的涉及三观的话题，比如明星粉丝间相互举报之类的，谈谈她是什么看法，我是什么看法。

那时候，我就感觉我们的亲子关系不断地在改善，我对自己的改变就更有信心了。

- 04 -

陈瑜 你跟女儿会就时下学生关心的问题一起讨论？

T妈 是的，她喜欢逛B站（哔哩哔哩），我也去下载了这个

App；她看游戏 UP 主的直播，我也看。

陈瑜 你是有意创造一些跟她之间的共同话题？

T妈 是的，因为我需要去了解她真正在想什么、她的内心世界到底是什么样的。

之前亲子关系恶劣的时候，我没有途径去打开这扇门，连窗都没有，她是完全封闭的。经过心理咨询和听了陈默老师的课，我觉得要去打开通路，慢慢去了解她，那肯定得找共同话题。

我跟她睡一张床，她看游戏直播时，我认真听是能听到的。我听到某个声音，就问她这个人是谁，她就会告诉我，这是神奇陆夫人、这是龙泡泡、这是烤鱼……我就会记住这个声音，对应上这个名字。

可能听一次、两次，我还不能记准。搞错了没关系，就多记几次。然后慢慢地，听到声音时，我就说："这是不是陆夫人在说话？"我说对了，她就会很开心，觉得我还是挺愿意在这方面花时间和心思的，然后她就会跟我讲更多她的世界里的事情。

陈瑜 你觉得为了走进小孩子的内心去听这些东西，对你来说是一个任务或负担，还是你在其中也能发现一些乐趣？

T妈 我觉得是打开了另一个世界的门。我现在蛮喜欢 B 站的一个 UP 主，他是美国人，在所有视频中都是以美国人的身份来讲中国人和美国人对一件事的不同理解，非常有意思，我每期都看。

陈瑜　嗯，你不是单纯为了迎合小孩子。

T妈　如果这件事情我不是发自内心真正认同的，只是表现得让孩子觉得我喜欢，其实孩子是能感觉出来的，她能发觉我在骗她。

陈瑜　对，小孩子其实很敏感。

T妈　是的，所以我是真的去接触这个事情，亲自去感受和体会，然后把我真实的感受和体会再转达给我的孩子，所以她是能感受到这种真诚的。

- 05 -

陈瑜　女儿读初三的时候，你对她的中考和后续的路怎么走，有预期吗？

T妈　因为她的成绩已经到这种地步了，一直拉低班级平均分数，影响老师的KPI，所以当时老师提了一个建议，让她"随班就读"。

中国对患有注意缺陷多动障碍的孩子在教育上没有照顾政策，但是对智力有缺陷的孩子有，就是"随班就读"。老师希望我们走这条路，也就是让孩子做智商测试，并且分数要低于70。

一开始她是拒绝的。

陈瑜 其实她是很聪明的小孩。

T妈 对，她很聪明，那就意味着她愿意配合的话，可以故意做错。但她一开始不配合，做出来是九十几分，办不了手续。后来我就跟她说，现在老师给你指了这条路，你至少初中毕业后有地方可去。你现在只有15周岁，什么都干不了，也不能打工。你自己想想，未来要干什么？我那时候跟她有一次很深入的交谈，她应该是听进去了，就开始想了。第二次做智商测试，得了五六十分，就达标了，然后办了手续，参加其他途径的考试，被职校录取，读面点专业。

陈瑜 你觉得这些操作会伤害孩子的自信心吗？

T妈 会，其实有挺大伤害的。她对自己这个病是接纳的，但她挺封闭的，不怎么跟同学交流。

很明显，那一拨成绩好的同学，没有一个跟她交朋友，成绩中等、中下或者是比她好一点点的人才会和她交朋友。

陈瑜 有一些自信心不足的孩子，会觉得自己一无是处，索性躺倒不干，对未来不抱任何希望，觉得自己就是一个很失败的人。你女儿有这样的想法吗？

T妈 没有，这不至于，否则她也不会这么热切地要去开淘宝店。

陈瑜 是不是有一些特长或长项，还是可以给她支撑的？

T妈 对，她并不认为自己是个loser（失败者）或者一事无成，因为其实她自学能力很强，而且她在一些游戏中的世界排名都挺高的，所以她不认为自己很差。

陈瑜　后来她去职校读了没几天就退学了，为什么？

丁妈　学校要求 6:30 起床，晚上 9:30 熄灯，跟她作息时间相差太多了。如果手机要充电，是要在老师办公室充的，所以就等于说手机不能用了。她接受不了，去了两天，就坚决不去了。她也不同意休学，一定要退学。

陈瑜　对于退学之后干什么，她有想法吗？

丁妈　有，她说："我自己开淘宝店啊！"

— 06 —

陈瑜　现在开店筹备得怎么样了？

丁妈　第一件样衣已经做出来了，她很开心，很有成就感，下周会再做一件出来。风格是她定的，设计基本上也都是她自己完成的，我只是帮助她把样衣做出来。

陈瑜　她之前学过服装设计方面的课程吗？

丁妈　没有，都是自学的，她就是喜欢画画。我做衣服也是自学的，我们都走的野路子，都没经过专业训练。

大概 2018 年的时候，她就想自己设计衣服，然后做出来。当时我想让她去外面学，后来上网查了一下，人家只收 18 周岁以上的学生，因为踩缝纫机什么的，有点危险性。她当时太小了，才 13 岁。

为了她，我就开始自学了，在网上搜到一些专业书，买来看，再买一些纸板，根据书上教的做，都是自己琢磨，自学了制版、裁布和缝纫。

那时候我们就已经做过衣服，她会有很多要求。我说"这样会多一条缝纫线"，她不同意，说"不能多一条线，不好看"。她说"这个地方要有纽扣洞穿系带"，我说"我想不出来怎么做"，然后我们就会一起讨论、想办法。

她也会稍微让一点步，不过大多数情况下她特别坚持，她想要的效果，就要尽量实现。

心理医生跟我说，有注意缺陷多动障碍的孩子往往会两极化，有些状况很不好，有些非常有艺术天分，能够取得常人达不到的成绩。他觉得我女儿在这方面很擅长，这也给了我信心。

她 7 月份就满 16 周岁，可以开淘宝店了，我们又一起做了新的样衣。

陈瑜 这两三年来，你们一直在推进这件事，还是说也中断过？

T 妈 没有一直做，因为之前知道不到 16 周岁不能开店，所以就放下了一段时间，但她一直在画画。她也不愿意去外面学，喜欢自学，她加了一些专门画画的圈子，里面的小朋友会互相推荐画画软件。

陈瑜 做衣服开网店是女儿的主意，还是你给她的建议？

T妈 是她的主意。她想得挺远的，感觉像一个成年人在考虑。她特别有版权意识，这两天在申请外观专利，因为向专利局申请都需要电子文件，所以她要把纸版的手稿在电脑上重新画成电子稿。

我们问过一些代理机构，代理的话要花3200元。然后她查官网，如果自己申请，只需要500块钱。她就说"我自己申请"，还挺有成本意识的。

我们还在网上找了代工厂，问了不同数量服装的制作价格。她说店开了以后，采用预收定金的形式，看看有多少人来定，如果超过10件，就通知工厂生产，完了再发货，如果只有一两件，就让我来做。

她考虑得挺周全的，比我想得还多。

陈瑜 开淘宝店这条路，她自己一直在琢磨。

T妈 对对对！上次做衣服时，因为一些小问题，我们两个人争执起来。她很生气，跟我说："我开淘宝店，不是过家家，我是很认真的！你必须全身心地投入，而不是玩一玩！"

陈瑜 她对你提出了更高的要求。

T妈 对，她对我提出了更高的要求。

我们每天讨论开淘宝店的事情，现在即使有争执，有不同意见、不同想法，第二天也就和好了。

陈瑜 你们找到了彼此沟通和合作的方式？

T妈 对，是的。两个人之间不可能完全没有争论，如果我不表

	达自己的真实意见,她其实也会生气。
陈瑜	你们俩现在就算是联手创业了。
T妈	对,也算是小型创业。一开始我们就谈好了,做这件事情,5万块的成本投入是上限,如果超过,就及时止损,不做了。我也看到很多家长说,家里孩子创业,一直亏损,像无底洞一样,我觉得这种情况应该避免。
陈瑜	女儿对于这件事情有信心吗?
T妈	蛮有信心的。
陈瑜	你呢?
T妈	我反而不太有信心。我首先担心的就是:淘宝店真的开了,一件衣服都卖不出去,对她的自信心造成极大的打击,怎么办?对此肯定是有担忧的。 但是那天另外一个家长说,他们家孩子读高一,自己做徽章,也是自己设计,自己做,自己在淘宝上找代工,做完了再每个加10块钱卖,还赚了800块钱。那个孩子没有开淘宝店,是通过微信圈子卖的。 看来这件事情可能也没有我想象的那么难,也许可能是好做的。而且我已经跟她预设了一件都卖不出去,她有心理预期。
陈瑜	万一做不好,你会怎么样?
T妈	万一做不好,那就去尝试做别的嘛。我最近也在看很多DIY(自己动手制作)视频,做小包包、小配饰,以前我

女儿还自己动手做那种汉服上的头钗，不只有做衣服这一件事情。

我在这方面可能也蛮有天赋的，很多视频我一看就能学会、就能做出来。一件事做不成，可以做两件、三件，做不同类型的事。很多东西都可以去尝试一下，应该不是只有一条路。

陈瑜 从女儿的角度，她会觉得妈妈是一个非常支持她的人吗？

T妈 会的，而且我们现在谈事情，基本上是以一种成年人之间平等的状态去谈，我尽量把她当成一个成熟的、独立的个体，不再把她当成一个小孩子，不再认为她的想法都是幼稚的、不成熟的、都是错的。她的观点可能跟我的不一样，我要去试着接受她的观点，因为有可能她对同龄人了解得比我更清楚。

陈瑜 一路聊下来，真是很感慨。你女儿这类孩子在今天竞争如此激烈的学业环境下成长，非常不容易。你在这个过程中不断学习，主动改变亲子沟通的方式，理解孩子的世界，自学掌握新的技能，努力在帮助孩子实现梦想。

T妈 跟陈默老师学习了很久，终于领会了她的精神，就是要接纳孩子，无条件地爱她、支持她。

No.
———
12

"我庆幸能有一个培养孩子的机会，这是双向养育的过程"

父母档案

姓名： 畅妈

身份： 妈妈

概况： 女儿读高一，只身出国留学。支持孩子选择自己想要的生活，这是真正的父母之爱，而在这份爱里，她也获得了很多勇气，受到了很大的鼓舞。

不是所有的孩子到了青春期，都一定会叛逆的。有没有一种可能是：孩子没什么好叛逆的，因为他足够自由？

我看着畅畅长大，她自由得像一只小鸟，不管教育竞争多么激烈，她从来没有停止过欢乐地扑腾。每次见面聊到最后，都会变成这个萌妹子的专场脱口秀演出，一众看客笑得前仰后合。畅畅也曾经参与"少年发声"栏目，我对她的访谈收录在《少年发声》一书中，文章标题是《我从不补课，年级前十！》，从中你会看到，让一个孩子一直保持这么松弛的成长状态，家长的底盘有多稳。

在15岁的年纪，畅畅决定只身飞往大洋彼岸求学。畅妈把不舍压到心底，支持孩子选择自己想要的生活，因为那是她理解的父母之爱。

我不知道在一段情感关系中有没有真正的"无私"，我甚至在父母们常挂在嘴边的"都是为了你好"的幌子后面，看到了满心的"自私"，这也是为什么畅妈会让我格外感动——她让我看到了母女间更大的"拥有"。

成为母亲后,畅妈走上了自我成长之路,获得了教育学硕士,并从事科学育儿指导教育工作。她说,她深深地为自己能有一个培养孩子的机会感到庆幸,因为这是一个双向养育的过程……

– 01 –

陈瑜　孩子还有不到一个月就要走了,你现在心态如何?

畅妈　挺平静的,我觉得这是一件板上钉钉的事情,就盼着不要出什么岔子,平安过去就好了。

陈瑜　不舍得的感觉好些了?

畅妈　淡了,但是它没有消失,埋在很深的地方。如果人的内心是一片海洋的话,它从浮在表面慢慢地沉到了一个比较深的地方。一开始,它像一头兴风作浪的鲸鱼,经常会在海面上掀起很大的风浪,现在它游进了深海。

陈瑜　你是怎么让它沉下去的?

畅妈　她很确定出国留学是她想要的,没有任何犹豫或反悔的意思。每次聊到这件事,她都表现出义无反顾、很有信心、很期待的样子,我就不担心了。

陈瑜　一来,你够放心;二来,你想成全她,不想用"不舍"来绑架她。

畅妈　对对对，这种不舍完全是因为我对她的爱产生的情绪，只跟我有关系。

很早以前听朋友说，喜欢就是心生欢喜，看到那个人就想笑，就觉得"哎呀，他/她怎么这么好"，对一个人的情感"就像是对待天上的一朵云或者路边的一朵花"。一开始我对这句话不太理解，一朵花、一朵云司空见惯，怎么可以和一个你深爱的人相比？但我现在慢慢理解了，其实它讲的是一种放下的心态，是更宏观地去看待"拥有"。

我那么喜欢这个小朋友，也确实在她身上付出很多，但实际上我是因为在她那里得到了很多，才会对这种"得到"不舍。因为空间距离上的拉远，其实会阻碍我得到一些事：比如我想摸摸她的小脸，摸不到；每天睡觉之前的晚安吻，没有了；很多肢体上的接触，也没有办法通过网络来实现。她很搞笑，经常把我逗笑，那种快乐的情绪是我舍不得的。我喜欢的是那段关系，但我不能因为这段关系令自己愉悦，就阻止孩子去做她自己，或者阻止孩子去走她自己的路。

陈瑜　在这段十五年的母女关系里，你获得了什么？

畅妈　我觉得她给我带来很多快乐，她让我的人生变得更丰盈。回想起来，满脑子都是她带给我的美好回忆，那些美好的瞬间都存在照片、视频里，也存在我的心里。

然后在亲子关系上，她对我肯定是有启蒙价值的。看着她从小长大，学习怎么跟自己的亲骨肉打交道，我会对一个生命的成长有一个全新的认知，会打破很多固有的信条和观点，会发现孩子是带着自己的生命蓝图来的，会对"天生"这件事情有更多的确认感，比如，她会长成一个喜欢说脱口秀的幽默女孩，这就给我很大的惊喜，我之前没想过。

陈瑜　嗯，接纳她天生的样子。

畅妈　对，因为我个人追求的状态就是内在平和，我对于生命价值的定义就是生命在于体验，在体验的过程当中，我希望我平和地走完这段人生。

你刚才说接纳孩子，我为什么会接纳？因为它符合我的内在目标，可以让我平和地去和生命相处，然后也可以让我平和地去过我自己的日子。

– 02 –

陈瑜　追求内在平和是你到了四十几岁想明白的，还是老早就想通透了？

畅妈　也就前几年吧，在三十多岁的时候，我也是经历过一段不平和的时光，才知道自己想要平和，不喜欢不平和。

那个时候刚有了宝宝，成为新手妈妈。虽然我很喜欢孩子，但是很多时候我还是会手足无措，然后就会很累。当时我还没学教育学专业，就算大学毕业，有一定的工作经历，在育儿这件事情上也还是挺"白"①的。

当你内心的认知不足以支撑你做好这件事情的时候,你就会犯很多错,走弯路,身心疲惫,整个人状态就不好了,就会觉得自己很无力,然后不喜欢自己。因为那种想改变又不能改变的无力感,会对生活、对自己都产生很多的不满。人一旦不满,情绪上波动肯定比较大,就会不开心。

陈瑜 你那个时候有产后抑郁吗?

畅妈 对,有一点。那个时候,畅爸也是新手爸爸,我们俩也沟通不畅,他想帮忙,也不知道怎么帮,所以会有很多的矛盾。其实主要就是累,孩子很小,吃不好饭,睡不好觉,就会让妈妈特别累。

陈瑜 你是怎么从产后抑郁的状态里走出来的?

畅妈 就是去上课,学心理学。我认为探索自己,带着好奇去审视自己的内心,是可以让我过得更舒服的一种路径。学习心理学让我知道,原来我可以换个角度看待关系,可以重新解读我看到的行为,并且把更多的精力放在自己身上——这才是更容易走的一条路。

原来我总指望别人去配合我,当别人无法配合,或者说他不是不想,而是做不到的时候,我会特别无助。我觉得无助是令人心理上不快的根源——我不知道该怎么办,我很想要却得不到,那就难受了嘛。

---

① 此处指第一次做某件事,缺少经验。——编者注

我现在知道了，如果我很想要，没问题，但首先我要判断一下我是否真的想要这个东西，我可以重新定义一下，然后我不再从外界索取，我可以向我自己内心求了。这个好控制呀，内心是我自己说了算的，就有点自己做回自己生活的"董事长"了。

陈瑜 有对生活的掌控感了。

畅妈 对对。再加上我对人是好奇的，所以后续又参加了一些心理学工作坊。我认识到，原来人与人的对话是可以这么直接的，不但彼此都毫发无伤，而且有助于关系的建立；原来人是可以这样真诚地活着的，不需要藏着掖着，也不需要拐弯抹角。就是真诚地表达我的感受，同时又保持一个看见对方的心态，不下任何的预判，只是带着好奇心去询问对方是怎么想的，然后说出自己的感受，告诉对方他/她这样想、这样做可能会给我带来什么影响，告诉对方我们想法不一致也是正常的，而如果能达成一致的话，我们就继续朝着同一个方向去推进。

直接地表达具有那种洞察人心的力量，这让我很惊叹。

陈瑜 你对人和人的关系有了新的认知之后，有给你的现实生活带来什么改变吗？

畅妈 有，我很愿意去问自己和对方："你到底在担心什么？你到底在恐惧什么？你到底想要什么？你到底要去向哪里？"这个东西是特别能帮到我的，当我迷茫的时候，走到了所谓的人生岔路口，不知道要到哪里去的时候，我就会停下来好好地问自己：我到底想要什么？

有一句半开玩笑的话，说"小孩子才做选择，成年人什么都要"。我觉得这句话很有毒，蛊惑了很多人，会让人更加看不清自己想要什么。肯定不能什么都要，那叫"贪婪"。我觉得很多事情就是不可兼得的，什么都要，哪有那么好的事情？我相信一定是要有取舍的。

陈瑜 当你问自己担心什么、恐惧什么、想要的又是什么的时候，答案是什么呢？

畅妈 在那个时候，我要的就是活得自在一点，但是我原来不仅需要别人给我自在，还需要别人配合我，让我活得自在。我累的时候，别人要主动伸出援手；我想倾诉的时候，别人要放下手里的事情听我说；我想去旅游的时候，别人要配合我腾出时间，安排行程跟我去……我总是觉得，别人不配合我，就是不够爱我。再往深了想：我为什么那么需要别人爱我呢？那是因为我总觉得别人爱我、对我好，才能说明我确实很好。

陈瑜 你要在关系当中确认自己的价值。

畅妈 对对，他对我好，才说明我够好，只有我够好，才值得他对我好——那个时候是这样的逻辑。但是我慢慢地看清楚了，这种逻辑也不见得成立，所谓的好与不好，不是靠别人定义的，也不是靠观察别人如何对待自己来定义的。

陈瑜　你把这个点搞清楚，对你们的夫妻关系和后面的亲子关系实在是太重要了！

畅妈　是的。

- 03 -

陈瑜　你之前对关系的理解和对自我价值的定义，其实还是跟你的原生家庭有关。

畅妈　是的。我的原生家庭给我造成了很多这方面的困扰，因为我爸爸特别喜欢评价别人，我跟我妈是他的头号评价对象。反正我整天就在听我爸评价我妈各方面好或不好，凡是不符合他标准的那些做法和表现，全都被归为不好的，他会上升到评价"你这个人不好"。他也是这样子评价我的，我乖的时候，他会说我很乖、很好，但是当我的行为和表现不顺他意的时候，他就会说我不行，说我这个人不行，而且还会半诅咒意味地说："你就等着吧，你现在不听话，将来肯定会怎样怎样。"

陈瑜　爸爸对你什么样的评价，对你的影响最深？

畅妈　在他的评价体系里，一定要为人善良。比如小的时候，我们家里来小朋友，我的东西都是要第一时间毫无保留地让给别人的。人家喜欢什么，他不经过我的同意就会给别人带走，好吃的也是要先由着别人吃……这都是我爸爸所谓的善待别人，就是要对别人好。

还有一个就是要替别人着想。我得替父母着想，比如放学晚回家，我让父母担心，就说明我不懂事，没有替父母着想；我在外面大手大脚，说明我不心疼父母的钱；还有如果哪个亲戚给了我压岁钱，我是一定要告诉父母的，因为这个是要还的……这些在我看来，都归结于我要考虑别人的感受，我要重视在人际交往中让别人舒服。我爸那时候还经常说："你怎么就不能做到让爸妈舒服？！"

三十多岁之前，在我还没有探索自己的内心之前，这些东西稳稳地发挥作用。现在回想起来，我爸妈这样教育我，是因为这些经验保护了他们，他们就是靠着这些他们所理解的处理人际关系的方式在维持着他们与那些所谓的朋友和亲戚的关系，所以他们就想把这些传授给我。但是他们没有意识到这些信条在保护了他们的同时，也限制了他们。我现在理解了，经过自我探索，我发现那些东西有时能保护我，然而在某些时刻也会限制我，会让我忽略自己。我并没有说这些信条一定是好的或是坏的，而是说我不用一直遵循它们，要有条件地去运用。

陈瑜 你觉得这套东西对你的限制是什么？

畅妈 比如让我有容貌焦虑，因为我爸老觉得我不够"淑女"。其实在外人看来我已经很像一位淑女了，对吧？但他老觉得我不够优雅，不够美。

陈瑜 他还会说你不够美吗？我的天，哪儿不好看？

畅妈 比如他说我的腿长得不好看："你这孩子为什么腿这么弯？你看你妈腿就很直。"是不是现在听起来，你会觉得像笑话一样？但是当时作为一个小女孩，就会当回事嘛。他还会说我戴着眼镜不好看，还会补一句："算了，行吧，反正戴眼镜也挺文气的。"当然我觉得他是不想伤害我，但是你听起来是不是觉得其实就是不太好的意思？然后他也会说："你怎么驼背啊？走路怎么不挺胸啊？"也不知道他从哪儿看来的，让我在家里顶本书走路，书不能掉下来。

这些其实都是家长的一番好心，但在孩子看来却意味着"你对我不满意，嫌我原本的样子不好，所以你要对我修修剪剪"。

陈瑜 是的。除了容貌焦虑，还有什么？

畅妈 一定要在乎别人的感受。这会让我很没有自我，我会不在意自己，在对别人提要求的时候就没那么理直气壮，在拒绝别人的时候就更没有那么大的勇气了。尽管那个东西我不喜欢，或者我觉得做某件事挺累的，但我第一时间会觉得既然人家有需要，那我就先接受。

陈瑜 那时候你的自我价值感会比较低吗？

畅妈 我记得我参加第一个心理工作坊的时候，老师就说："其实你的某些行为、某些判断，就是源于你的自我价值感比较低。"

陈瑜 你有被说中的感觉吗?

畅妈 有!

陈瑜 你以前没有从这个方向想过?

畅妈 没有。以前我还觉得挺自信的,可能我比较阳光、比较爱社交,掩盖了这一点。人家会说我很大方,有文艺特长,愿意展现自己,但我隐隐约约总觉得自己不够好。

– 04 –

陈瑜 你说要内心平衡、要自在,大约什么时候你觉得基本达到了自己期待的状态?

畅妈 这是动态的。我这几年一直在练习真诚地和别人相处,练习讲真话,练习觉察,不太容易因为某件事情长时间地不开心了。

陈瑜 通过学习、实践,你和老公的关系有实质性的改变吗?

畅妈 吵架少了,矛盾少了,更有话说,有真正的对话了。以前很多时候是"有说话,没对话",我好像是在跟他说话,但实际上我说的话也不见得是我内心的想法,我好像是在听他说话,但实际上也没听见他说的是啥。

慢慢地这种感觉少了。他在跟我说一些事情的时候,我会有意识地放下自己的预判，放下心里边刚才还在想的事情，清空一下自己的大脑，然后仔细去听他到底在表达什么，觉察他在说这个话时候的表情、语气，想想是不是还有一些他没有说出来的其他的意思在里面，能更好地接收信息了。他感受到了我这份真诚和在意，我们的关系自然就变好了，他对婚姻的满意度也变高了。

我最近才越来越明显地觉察到，他其实一直很爱我，只不过我原来总期待他用我要的方式爱我，从而忽略了他爱我的事实，就会误以为他不够爱我。一旦脑海中有了这个结论，我肯定就不舒服了，我会觉得我跟一个不太爱我的人生活在一起，然后就会处处去验证我的想法。

但是转换一下思路，当我觉察到这些都是我自己想象的，都是我内在的恐惧或者自我价值感在作祟之后，我再去看他对我的所作所为，再去把他的所作所为跟他这个人联系起来，甚至跟他的家庭和成长经历联系起来，我就会有另外的结论——我发现他已经在尽全力爱我了。

陈瑜 嗯，你看懂自己，也看懂伴侣了。你比较文艺，他比较理性，你期待那种浪漫的表达，他可能是很实际的那种。

畅妈 对呀！我为什么一定要让他用我想要的方式来爱我呢？我可以有所期待，但是也要知道期待不一定会被满足。他给我的爱，是他认为的爱，是他对爱的表达。

我们俩后来还摊开了讨论这件事情，以前是谈不到这个程度的。以前没对话，说着说着就不高兴了，我光说，也不听他的，他没经过训练，更听不见我在说什么。现在没关系了，虽然他没有经过训练，但是我变了，我再去跟他对话的时候，不会期待过高。

陈瑜 或者说你的期待更实际了，你不会对他抱有无望的期待。人家达不到的，你再去期待他，就是为难彼此了。

畅妈 对对对，或者说我可以没什么期待，因为我知道这个人在真心实意地爱着我，他对我好、很有责任感等等。如果没有这样的一份爱，或者没有这样的一个人存在，可能很多东西就不会是现在这个样子，想到这些，我就会更加珍惜身边这个人。

陈瑜 当你们俩的关系改善后，你会不会觉得孩子爸爸也成为你在亲子教育里更得力的帮手了？

畅妈 会呀，他也会觉得我这个人更靠谱、更成熟了。你想：如果老婆天天总因为一些鸡毛蒜皮的小事跟你叽叽歪歪，那你对她在育儿这件事情上又能有多大的把握呢，对吧？

当我跟他对话的时候，他会发现我给他的一些回馈和我思考问题的一些角度是超出他的预期的，或者说是让他感觉很舒服的，他跟我的关系就变好了，他也更信任我了。信任我这个人了之后，自然也就信任我做的事情。我提出不同意见的时候，他就不会急于否定我或者反驳我。

孩子两三岁的时候，我大概跟他提了一下，我打算在畅畅身上实践一套比较科学的育儿方法。他当时说:"你不要把她培养成怪物哦,不要把她培养成一个长大后跟别人格格不入的孩子,那样她会很难受的。"

陈瑜 你怎么定义"科学育儿"?

畅妈 大家都是从小时候过来的,但是从来不知道自己是怎么过来的。我所说的科学育儿,就是你首先要知道,一个人从出生到长大成人,他到底要经历什么样的发展历程。那么多教育学家、心理学家做这么多的实验和研究,不是白做的,就算你不说它们百分百正确、是真理,你也不能忽视它们。现在很多家长自己乱搞,别人怎么教孩子自己也怎么教,这是不对的。

其实每个孩子对外界环境变化的反应模式都是不一样的,面对同样的变化,可能这个孩子没什么感觉,而那个孩子比较敏感,都忍不住要哭了。

畅畅属于比较敏感的孩子。我印象很深,她都已经两三岁了,进电梯看到同楼不太熟悉的邻居,还是会哭。

我学过心理学,知道每个孩子不一样。回应她的最科学的方式,就是去共情,同时接纳她,告诉她:"哦,你看到谁谁谁进来了。好的,妈妈在这儿,这是几楼的奶奶。"妈妈首先要做出姿态,说:"奶奶好。"我先接纳别人进来,询问:"奶奶到几楼?"然后去解释这个人的行为:"奶奶要看你,跟你打招呼。"我还解释说:"奶奶很喜欢你,对你笑了。"如果是个爷爷的话,我就解释"他有胡子,他戴了帽子,他戴了眼镜"等等。总之,我要把这些细节都讲出来,让孩子理解,并且接受令她恐惧的陌生环境,让她觉得其实没什么不安全的。

但很多家长不会这样做,结果就是孩子的情绪得不到很好的疏导,有可能是被堵回去了,或者被引到别处去了。他就变得看不见自己的情绪,不知道自己为什么要哭。

我们养育的是一个儿童,所以我们要用儿童的视角去养育他,这是非常有好处的。但是现在很多家庭恰恰用的是成人的视角,以成人的认知去理解孩子的认知。这个小生命没有像我们那样丰富的经历,也不可能再经历跟我们一样的事情,我们怎么能把一件自己穿着合适的衣服硬套到一个小孩身上?他穿不了嘛,所以难受嘛。

我要感谢我爸妈,尤其是我爸爸,因为他在我小的时候用我不喜欢的方式培养了我,所以我才如此警惕,不要在我的孩子身上重蹈覆辙。

陈瑜 很多人因为父亲是这样教导自己的,就把这种方式延续下去了,你为什么就能阻断这根链条?

畅妈 要看一个人有没有自我觉察,有没有机缘走上一条觉察之路。有些人可能直到入土,也不知道自己的烦恼是从哪里来的,也不知道自己还有别的路可以选,所以我觉得我是幸运的。

— 05 —

畅妈 你自己的接纳度和认知边界越宽,孩子就会变得越好带。这种"宽"不是说你忽视孩子的成长,而是在安全、安心的范围内养育孩子,而这个范围又足够你的孩子去扑腾。

陈瑜 很有趣,很多家长不知道这个范围的界限在哪里,纠结到底该不该放手。

畅妈 我觉得他们不是摸不到界限,而可能是说不清楚。他们会表现出来担心,说明他们已经感觉到孩子打破了自己的界限,又隐约觉得其实可以再突破一点,但是到底可以突破到哪里,他们又说不好,就这样不上不下卡住了。

陈瑜 那你是什么标准?

畅妈 是什么东西让我总是可以不断地突破?是我对这个世界的认知,我对这个世界的多样性的好奇。

我小的时候印象最深的一本书叫《不可思议》,里面写的全是世界上的怪事:一个人留了多少米长的头发,一个人的脚可以长多大……这给我种下了一颗种子:这个世界有太多我不知道的东西。后来又上了那么多心理学的课,接触到很多哲学书籍,我总是在填补自己的认知空白,而越填补就越会发现,自己不知道的东西太多了。

回到女儿身上。我把自己放空了,带着好奇心去听她说话,就会产生一种特别的感觉,我从来没有想到她这个年龄会这样想,可以这样做事情。因为这些东西冲击着我的认知,我没有办法设立界限的。哪件衣服她该穿,哪个朋友她该交,哪所学校她该上,哪个夏令营她该去,哪条路她该走……我怎么有资格说这样的话?会显得我太狭隘、太自大了。

人生路不可回头,培养一个孩子的成长也不可回头。当所有的事情都不可回头的时候,其实我们很难去判断到底哪个选择最好。我的底层认知是,我们永远有更多的选择。就像给孩子择校,这么多学校摆在我们面前,ABCD选哪个最好?在我看来,没有最好的选择,就选当下在自己的认知范围内最想选的,那就算最好的。所以,不要纠结。

关于"相信"这件事情,也是我特别想跟你分享的。我经历了很多次的觉察,一直在刷新我对"相信"的认知。

什么叫相信孩子、相信自己?不是相信孩子已经拥有了某种能力,也不是相信他说的每一句话都是完全符合实际的或者会实现的,而是相信孩子是与生俱来就可以活得很好的,这是一种"大"的相信。

很多时候我跟家长聊相信啊、放手啊,他们就会很困惑,说:"我怎么相信他?比如两岁的小孩要自己选衣服,明明是大夏天,偏要选冬天的衣服,你让我怎么相信他?他就是没有选择能力,你还谈什么相信?"家长就是会陷在这种事情上。

我并不是说相信孩子现在就具备了选择符合天气的合适衣

服的能力，而是我们要相信他将来是会穿着让自己舒服的衣服生活的，所以我们现在就要放手让他选，得让他体会不同材质的衣服到底会给自己的身体带来什么感觉。

陈瑜 太对了！家长因为不相信，所以不敢放手。

畅妈 他们总是觉得"我相信"就是"我相信你现在就可以了，你现在就有这个能力"。

陈瑜 而且通常是就相信一次哦，看看孩子有没有这个能力，没有的话，他们就立刻把信任给收回来。

畅妈 对对对。我们到底要相信孩子什么？其实是相信他天生的能力，他天生会照顾好自己，只要我们给他机会，我们放手，而不要去摧残、去磨灭、去打压或者说封闭他的能力。现在我们很多孩子，本来天生具有这个能力的，但是恰恰像被玉皇大帝封印住了，他们的法术还没来得及施展呢，就长大了。

陈瑜 对呀，孩子没有任何去锻炼这些能力的机会，他们不准犯错，一路被包办到成年，到社会打拼之后，又被指责怎么这个不会、那个不会，怎么就躺平了。

畅妈 是啊，明明是一颗很有潜力的种子，可以活得很好、很健康的，却因为家长没有给他应有的阳光、雨露以及养分，变得营养不良了。

同样，家长也要相信自己。

陈瑜 你觉得家长相信自己意味着什么？

畅妈　相信自己没有孩子也可以过得很好。

陈瑜　哇,这句话我好感动,真的是哦。

畅妈　把孩子的生命跟自己的生命绑在一起的话,真的就叫情感的羁绊了。就像咱们俩一开始聊的,我很享受跟畅畅在一起,非常喜欢,但是我不能让它变成我人生的一个羁绊,那多痛苦啊!

我爱她,但什么叫爱?我觉得真正地爱她,就是尽我所能去支持她,让她去过自己想要的自由的生活,而且我相信她知道自己想要什么。有些家长会认为,他们是在支持孩子去过一种衣食无忧的生活。不是的,我觉得一个人的精神层面是很重要的,如果家长看不到孩子的精神世界,一味地追求物质层面的东西,反而是害了孩子。

陈瑜　让我比较叹服的是,畅畅是一个活得生机盎然的孩子,到了初中依然有很多的兴趣爱好、有那么丰富的生活,非常阳光和开朗,举目望去,这样的孩子真的是凤毛麟角。

这一路走过来,你的价值观和当前的教育体系有冲撞吗?

畅妈　有。还是回到我刚才说过的底层认知。没有最好的选择,肯定会遇到一些不舒服的事情,那就兵来将挡,水来土掩。

陈瑜　畅畅上小学之前没有提前学，花了几年时间才追上去的。很多父母会慌张，你那个时候真心没有着急？

畅妈　你如果从儿童视角看待孩子的学习问题，你就会知道，这是学习过程中必经的一个阶段。你的孩子没有学过，肯定要慢人家半拍，但是你也会有另外一个认知：一个人的自信不是由他的考试分数决定的，而是取决于他如何看待和解读分数，取决于家长如何培养孩子的自我认知。但是站在成人视角，家长是靠分数一路闯关闯过来的，理所当然地认为孩子拿了低分就表示他不好，这是在把自己的经验硬往孩子身上套。

陈瑜　你说得太对了！我采访过一些零起点的小孩，他们经历三四年追到中游，会认为自己就是一个读书很一般的小孩。很多家长就会后悔：如果自己当年让孩子提前学了，孩子有先发优势的话，就不至于这样。但其实不是成绩让孩子有了这样的自我评价，而是家长如何看待和解读。你当时是怎么做的？

畅妈　我祝贺她，她后来已经烦我了，就说："又要祝贺。"我说："对，必须祝贺你。"

我跟她说，如果这些知识大家都会了，就不需要学校这个地方了。学校开在这里是干吗的？爸爸妈妈有自己的工作要做，要为社会创造价值，所以就有了学校这样一个场所。学校专门把需要学习基础知识的小朋友集中起来，然后请一些会讲述这些知识的人,也就是老师来集中教,这样效率最高——首先要解释什么是学校,否则很多小孩不理解为什么要去上学。

而且我说,我们长大以后总要干一点事情的。人生在世,每个人的意义就来自他在做的事情。然后我问她:"你觉得活成谁的样子不错?"她就说谁谁谁,有时候会说"你跟爸爸这样也挺好"。

我说,没问题,反正不管是谁,要想活得好——想做自己喜欢的事情就可以去做,可以创造价值,可以有自己住的地方,可以用自己喜欢的东西,想去哪里看看也可以去——都要靠从小积累。这样我们长大以后,才能帮助社会做一些事情,以此来换取物资,即工资。然后我们拿着这笔收入,再去满足自己的其他需求,这是一个"价值交换"的过程。那我是拿什么去跟人家换的呢?外公外婆让我从小就进学校学知识,这样我长大之后才能使用我的所学,发挥我的价值,去帮助其他人,来促进社会的运转和发展。

我跟她说:"大概就是这样的一个过程。你去上学就类似于去超市买东西,为了把那些知识装进你的脑袋里,以便将来可以使用,所以你看你上学上得多值。你来对地方了呀,你现在做的事情是在为你的将来打基础、做积累。"

然后聊到分数,我说:"考试不是为了做试卷,而是检验你学到了多少。学校设置这样的测试有几个目的。一方面是让老师能够了解他教的这些知识点,哪些学生会了,哪些不会,学生没掌握的可以在之后上课的时候多讲一讲;另一方面是对学生的作用,你可以自己分析。

"你知道一个卷面到底涉及了几个知识点吗?不是100道题就涵盖了100个知识点,它们可能只涵盖了几个知识点,是在从不同的角度考察你到底有没有懂。考试之后你就知道了,可能这个知识点你完全不懂,所以关于这个知识点的所有题你都不会,那就要重新学一下;而关于那个知识点,你有的题对了,有的题没对,那你就只需要补充某个角度的认知。

"你参加考试就像白雪公主和七个小矮人去森林里面挖宝石,多好啊,所以我要祝贺你。每次一有测验你就想,'我又当七个小矮人,来挖宝石了'。每次公布分数的时候,你就数一数,每一道错题就是一颗宝石,错题越多,说明你挖到的宝石越多,越知道接下来的学习到底要往哪个方向去走。"

陈瑜 这样的话,孩子就不怕犯错了。

畅妈 我反复这样跟她说,她慢慢就不一样了。就像我爸向我灌输容貌焦虑一样,这个东西是会在心里扎根的。我就从她小时候开始给她灌输"考砸不可怕,分数低不可怕,学习永远是个过程,学不懂就再学"的观念,慢慢地让这颗种子在她的心里生根发芽。

陈瑜 在这样一个高强度竞争的环境下，畅畅真的能内化你这套价值观，很淡然地看待成绩吗？

畅妈 只能说她会比别的孩子好很多，但她肯定也会受影响。因为一个孩子不只受家长的影响，还会受老师的影响。没有完美的事情，我能做到多少就做到多少。

但是她为什么要跳脱体制内教育呢？她当时很明确地跟我说："我不想这样被评价，我需要被全面地看见。"这很有可能就是种子的力量，她从小形成了这个认知，会觉得别人光拿分数来评价她不科学或者不对，是不够全面的，而且还占用了她太多的时间，硬拉着她，不让她做自己喜欢的事情，所以她就不干了。

就算我们玩的是选拔制游戏，僧多粥少，资源有限，也还是要拥有更高层次的眼光和更加科学的策略。家长们既然这么担心孩子将来的就业问题、生存问题，就请站在能够给他提供就业机会、能够给他们提供生存资源的角度去考虑这件事情。这样推论，我们要培养的是真正会学习的孩子，是真正有解决实际问题能力的孩子。如果用这个目标去衡量自己现在培养孩子的具体行为，是不是就会发现有些行为应该调整？

陈瑜 特别有道理！既然分数不重要，在畅畅的学习方面，什么是你最在意的？

畅妈 我觉得我平时跟她相处，或者说给她安排所有事情的时候，也是在向她呈现世界的多样性，尝试培养她多角度的思维以及开放式思维，这个是我很在意的。我们的认知是要打开的，我们所生存的世界是很广阔的，有很多的东西是现在不知道，但值得我们去看一看、感受一下的。我可能一直在避免一件事情，就是禁锢孩子的认知。

还有一个，自我价值感也是我特别看重的。我希望让孩子从小生活在一个能够提升她的自我价值感的环境当中。又要说到儿童视角了。一个未成年的孩子，尤其是在 12 岁以前，他的自我认知都来自他身边的成年人，父母是举足轻重的，孩子 6 岁以后，学校老师很重要，但是父母仍然十分关键。

我观察下来，畅畅的自我价值感还是比较高的，她有信心去克服困难、应对困难，而不是让困难消失或者打败困难。这一点我还是蛮开心的，我没有把她培养成一个特别执拗的人。

可能我本身认为一个人要想活得自在，就不能有太多执念。总有那么多期待，总认为一定要怎么样、应该要怎么样的人，肯定过得不自在。一个人再强大，他还能什么都好吗？所以我传递给她的观念是"我是可以的、我是有能力的、我是过得去的"，而不是"我是最厉害的"。

陈瑜 还有一点,我觉得也是你一路做得非常好的——你一直在观察和培养孩子的兴趣。

畅妈 底层逻辑都是相通的。相信孩子,带着这种信念去做孩子的第一支持者,这是我对家长角色的定义。支持者意味着孩子是在前面的,家长是在后面的,我们千万不要跑到他们前面去,否则那就不叫支持者,而是引领者了。角色与站位,是我时刻提醒自己的,所以兴趣培养也是要等她的。我理解所谓的兴趣,就是你特别想干一件事儿,哪怕再累、再辛苦,你也想干。非得是一个可以展示、可以拿奖、可以考级的东西才叫兴趣?我觉得这好像不符合我对兴趣的定义。

我小的时候,我爸就认为弹琴很好,一直培养我弹琴,虽然我弹得也不错,但我觉得很痛苦,所以我长大了也没有那么喜欢弹。这些经历更让我觉得,不能大人觉得某个东西好,就培养孩子去学。

当然这也跟我的认知有关,就是我刚才说的,世界上有太多我们不知道的东西,有太多美好的、值得作为兴趣的事情,只不过我们不熟悉。我认为兴趣是多种多样的。

另外,兴趣也是可以变化的,不一定要长久。为什么一定要坚持一个兴趣?学小提琴要一直学一直学,非得把它培养成终身的兴趣爱好，干吗呢？我觉得这是一种执念，总觉得一个兴趣如果不变成多么厉害的能力的话，好像就没发展好。这些东西我觉察了之后就放下了，我不认为发展兴趣一定要达到一个多高的水平，即便只达到了一般的水平或者低水平，只要它让人觉得愉悦，就是发挥了作用。

陈瑜 而且，坚持兴趣本身就有点矛盾。真正感兴趣的事不需要坚持，而是人主动很想去做的。

畅妈 对，很多人会把培养兴趣和锻炼毅力、韧性画等号，认为这都是在一个过程内发生的，我觉得不是。任何人带着痛苦、无奈，被迫去从事一件事情，无论那是什么事，我都不觉得值得追求。当然这是我的价值观。

陈瑜 所以你在培养孩子这件事情上很有弹性，也是比较松弛的。

畅妈 是的，所有的兴趣爱好都是等她自己来跟我说。但是我做一件事情，就是在她身后支持她，有点像秘书给董事长提交方案。她毕竟经验有限，对这个世界的认知有限，我要向她展示这个世界的多样性，包括各种事情的多样性，至于她觉得哪件事情是她感兴趣的，她告诉我，我知道了，然后就继续支持她呗。

她很有趣，跟我说要学侧手翻，我就支持她。人家招生简章上明确说，超过12岁的不收，她都十四五岁了。我就去跟人家说，我们家孩子特别想学，就收一下吧。她去儿童运动馆学，这么一个1米6的孩子，跑到那里跟人家六七岁、七八岁的小孩一起学，人家都以为她是助教呢。

然后她学吉他，就是因为看脱口秀，看到有人又弹又唱。她跟我说："原来吉他声音这么好听，而且有很多变化，原来还有这么幽默又有趣的演奏方式。"她就一直学到现在。这回出国，我问她吉他课接下来怎么弄，她说继续学啊，跟老师商量好，通过远程网课来学。

陈瑜 她音乐剧也搞得风生水起。

畅妈 对，学音乐剧也是她自己提出来的。两年前，她主动跟我说："妈妈，有没有音乐剧的课程？我要去上。"然后我就去帮她找资源。

陈瑜 都上初中了，同学们都忙着补课，她在搞侧手翻、音乐剧，你那个时候没有一丝焦虑吗？

畅妈 没有，这个我可以很笃定地告诉你。

陈瑜 毕竟最后要中考、要看成绩。中考这种考试，就是刷熟练度和准确率，你家孩子刷得少，在竞争中一定就不那么有优势，你就没有丝毫的担心吗？

畅妈 这个事情不需要我告诉她。学校老师一天要在他们耳边唠叨800遍，她怎么会不知道？她既然已经知道了，还做出这样的选择，那说明什么？说明这就是她的选择。还是回到刚才我说的，我认为没有最好的选择，我能够做的就是允许孩子自己做选择。

陈瑜 哇，你真的是知行合一，不会说到了某个节骨眼上，标准就变了。

畅妈 对,我觉得我还是挺坚定的。只要她知道她现在在做什么,知道她现在做的这件事情会给她带来什么样的结果,准备好承受就可以了,我陪着她。

陈瑜 考不上高中也没关系吗?

畅妈 考不上高中没关系的,考不上高中不等于她这辈子就完了,那只能说明她已经想好了不上高中。我非常信任这个孩子,她告诉我她还要考高中,那么我便认为现在无论怎么安排时间,都是她在践行一套可以把学习和生活平衡得很好、依然能够考上高中的方式。

我自己没有走过这条路,或者说别人家的孩子没有走这条路,不代表这条路没有可能走得通。她要走就去走吧,如果是她判断失误,高估了自己或者怎么样,她就要承担后果,我会陪着她。

陈瑜 你底盘太稳了。

畅妈 因为人生路有好多种选择,我就好奇,如果畅畅真的是满足了我的好奇心……

陈瑜 哈哈,没考上高中吗?

畅妈 对,真的走了一条没人走过的路,我觉得就满足了我的好奇心。

我们现在不是经常看到这个人、那个人活到了多大年纪,突然改轨道嘛。我觉得都很好啊,这一辈子挺精彩。

陈瑜　　那比如畅畅成绩下滑，老师来跟你说这样子下去是不行的，你会受到冲击吗？

畅妈　　不会。有时候老师会说这样的话，哪一科这样下去，可能到时候会导致孩子进不了重点中学。但首先老师的判断准不准，我也画个问号，对吧？因为畅畅不是她的孩子，她可能就是好心提醒一下，并不代表她是个预言家。我非常相信畅畅是一个有数的孩子，她是知道自己要什么并且可以让自己活得很好的孩子。

陈瑜　　但很多家长可能又会说，你相信你家孩子，是因为你家孩子有数，而他们家孩子就是心里没数。

畅妈　　对，这就是个正循环、逆循环的问题。家长越不相信孩子，一直困着他，越不肯去开发他的能力，就会越认为孩子是没数的。这就是一个鸡生蛋、蛋生鸡的问题。

陈瑜　　畅畅真的从来没有上过学科类的补习班吗？

畅妈　　从来没有。这个事情也是她走在前面的。四年级的时候，她跟我说，他们班同学都在学奥数，她也要学，我说好。她要学，不代表我要给她报班，我找了个免费的资源，让她先上一下，若是真的喜欢，我们再花钱，不要花冤枉钱。结果体验了一下，她不想上，那就不上了。不会觉得她想学奥数，太好了，我赶紧给她花钱，鼓励她去。

陈瑜　　到了初二，她的成绩掉到中游了，会有老师提醒吧？

畅妈　　他们初中老师挺好的，说光靠刷题是没什么好处的，而且占用了孩子大量的睡觉时间。老师在家长会上提醒家长"不要报太多课程",但是他们也没有明确说"能不报就不报",也没有说"孩子想报再报"。

但是对于畅畅这种啥都不报的,人家老师确实很委婉地跟我说:"你们题做得太少了,不报班也得刷刷题。"我也很积极地配合老师说:"那您给推荐两本练习册呗,我买来给她看看。"然后我买了,但是做不做我不盯着孩子,我的分寸就到这里了。

她也有过不及格的时候,她那时候跟我说,他们同学中有不及格会哭的,她可能也会难受一下,但不会认为自己从此就学不好了。她会认为那就下次再考,下次会好的,她有一定的心理韧性。

陈瑜 你说畅畅是知道自己想要什么的小孩,她在这个年纪,对自己的人生已经有一些初步的想法了吗?

畅妈 今天咱俩说的关于她的事,都是基于我对她的了解,没准儿她看见了会说"妈妈你说得不对",这完全有可能。我只能基于我的看法来回答你。

我觉得她没有太清晰的规划,她给我的感觉就是走一步看一步,但是她不畏惧,其实这和我挺像的。我还没有她那么潇洒,我没有想太远,我只知道她下一步要走到哪里去,然后支持她。

陈瑜 就像你最开始说到的,你就把人生当作一场体验。

畅妈　就像是在茫茫草原上面，随便走。

陈瑜　总能看到风景的。

畅妈　对对对，走吧，我不觉得处处是坑，也不觉得处处都是豺狼虎豹。我看待世界，总觉得好人是很多的，也总觉得怎样活都可以活得很开心的，我并不觉得一定要有什么样的条件、住在什么样的房子里、收入达到多少才能活得开心。

— 08 —

陈瑜　你觉得孩子一直能够跟你敞开心扉，你们母女之间能维持那么好的沟通关系，是因为你哪些地方做得比较到位？

畅妈　觉察，觉察每次我跟她对话的当下，到底有没有在听她说话，有没有真的去理解她这个年龄所达到的认知。我会尽可能地放下自己作为一个成人的角色，甚至放下作为一个母亲的角色听她说话，少做评判。

我被其他事情干扰，情绪比较低落、特别累的时候，就会陷入自动化反应，可能就没有太多的心力去包容她、觉察她、理解她，但我很快会觉察到这一点，然后跟她道歉，跟她说明妈妈当时是怎么回事、经历了什么样的过程。

还有一个就是我很真诚，这是我对自己挺满意的一点。我跟她沟通的时候非常真诚，我会向她展现我真实的内心：

一方面向她展现我是怎么考虑、怎么感受跟她有关的事情的，另一方面我还会向她展现我自己，包括我的过去、我和别人的故事、我对这个世界的看法。我不会把她当成小孩，说"你还小，这些事你还不懂"。即便遇到了比较阴暗、复杂甚至丑恶的事情，我也不会刻意地说"这些不适合你"，我觉得这就是真实的世界。

每次在孩子教育问题上要做抉择的时候，我就会问自己一个问题：我到底在培养一个什么样的孩子？最简单、最直接、最符合我内心声音的答案就是，我要培养一个身心健康的孩子。她身心健康地活在这个世界上，无论遇到什么样的风风雨雨，都能够有韧性地继续活下去——这就是我在育儿方面最看重的事情。

总结一下的话，我觉得我作为一个母亲，深深地为我能有一个培养孩子的机会感到庆幸，而且我也觉得这一路走来，养育孩子并不是我单纯地付出，不是单向的，真的是双向养育的感觉。不仅是我养育了我的女儿，而且我的女儿也滋养了我，我们是一个相互陪伴、共同成长的过程。

陈瑜 因为做了母亲，你在哪些方面变得更好了？

畅妈 变得更爱自己了。通过爱她，我也学习了怎么去认知自己、怎么和人相处，然后就变得更了解自己、更爱自己，也更清楚自己到底要什么，对生活不再那么迷茫，懂得做取舍了，也很清楚什么是最重要的。

对于死亡、孤独这些很重大的人生议题，在这个过程中我都有机会去想明白。所以我觉得，虽然育儿不是唯一的自我成长之路，但它是一条非常好的自我成长之路。

陈瑜 15 岁的你和 15 岁的畅畅，你们俩有什么不同？

畅妈 很不同。15 岁的我懵懵懂懂的，远没有畅畅成熟，远没有她对这个世界那么广泛而深刻的认知。我 15 岁保送进入当地最好的高中，在情感上面很枯竭，也没有什么体验，就是一门心思地学习。高中时住宿，我在半军事化管理的环境中拼命地谈恋爱。因为太需要情感连接了，所以就开始自我放逐，非得体验到原来缺失的那个东西。但一体验就体验过头了，就像一根皮筋，总是紧绷着，哪天突然放手，"噌"它就回去了，在那儿颤动，它不是一个稳定的状态。畅畅是一直在一个松紧比较适度的环境里长大的孩子，但我是混乱地长大的，直到后来才慢慢地稳定下来。我觉得我们彼此遇见是一件很幸运的事情。

陈瑜 嗯，看着你们一家三口走过来，就有美好家庭的感觉。

畅妈 我老公对孩子的那种爱，不比我少。我们俩之所以能在培养畅畅上面一直都没有什么矛盾，我觉得最大的支柱就是那份爱。

关于孩子出国，我们爱她，就让她去选，不愿意用任何我们自己的价值观和判断去诱导她、指挥她、替她做决定，尤其是这么重大的决定。越爱她，就越要允许她和我们分开，前提是她想分开。

而且你不觉得吗？我们跟孩子之间的这种深度连接，是可以反哺我们很多勇气的。你看孩子多有勇气！年纪轻轻，涉世未深，初生牛犊不怕虎，她就是敢去闯荡这个世界，就是敢于一头扎进一个完全陌生的环境里面。真的，我从她身上受到很多鼓舞，她让我对生命有了很多新鲜的、向上的认知，启发了我人生之路可以怎么走。

(采访手记) | 把亲子关系放在第一位，才是正道

深度采访了全国 100 位不同地区、不同学龄段的孩子之后，我对中国家庭教育形成了一个观察结论：在我看来，当今父母和孩子最深层次的矛盾，是家长试图把孩子打造成听话、用功、考高分的"机器"，希望他们无时无刻不在学习，而孩子希望被当作"人"来对待，他们有情绪、有感受、有思想、有自我实现的需要，他们想要被看见、被理解、被尊重、被支持。

这中间的落差越大，撕裂就越严重。所以，要先把孩子养亲了，再来谈教育——这是我看过那么多的家庭悲欢后得出的结论。这一章的父母，不管是起头就认准的，还是兜兜转转绕回来的，他们都把亲子关系放在了第一位，而这才是正道。

但遗憾的是，目前更普通的情况是众多家长为了作业、分数、排名、名校录取通知书，完全无视孩子生而为人的基本需求。他们认为，娱乐、休闲、运动、社交都是浪费时间，一切都要为学习让路，为了达成目标，不惜伤害乃至摧毁亲子关系。

这种风气不可避免地导致了当前的现实：学生厌学情况变得广泛而又严峻，越来越多的孩子选择用脚投票——这个学我不上了！这个学校我不去了！这时候，父母彻底崩溃，然后有些人变本加厉，有些人则开始反思。

要看清问题的实质：日夜颠倒、沉迷于手机、放弃学业、拒绝沟通的孩子究竟在干吗？他们放弃社会化功能，用近乎自毁的方式告诉家长："原来那套模式不对，那条路我走不下去了。"他们还想获得一个真切的答案："如果我看上去一无是处，没有取得任何成绩和荣誉，那么，你们到底还爱不爱我？"

很痛的，不是吗？每次做完"少年发声"访谈，写下这些孩子的故事，我都想用力地、深情地隔空给他们一个拥抱。

所以啊，如果父母当真是为了孩子好，那就请把孩子当作"人"来对待，去满足孩子的需求、理解孩子的感受、尊重孩子的人格、支持孩子成为他们自己。

回到一个基本点上，就是要先把孩子养亲了，跟孩子建立起牢不可破的情感连接，让孩子对此深信不疑：我们永远爱你，只因为你是我们的孩子，没有任何附加条件。

孩子心里有了这层底，才能安心学习。为什么？因为学习成绩总有波峰波谷，没有人能永远第一，而如果孩子在和父母的互动中一次又一次地确认，"无论我取得怎样的成绩，我都是好的，都是值得被爱的"，他们就会充满勇气和力量去迎接挫折和失败，就不会被轻易击垮——无论是面对眼前的学业压力，还是面对未来的人生挑战。

道理都懂,但在现实生活中,却总是做不到——有没有家长有这样的困扰?这不是什么麻烦,而是有意义的信号,说明我们有必要自我检视,回溯原生家庭的问题,拆除炸弹的引线。

下一章记录了几位为人父母者成长与重生的故事,相信你会被触动,相信它们会对你有启发。

> **请你思考阅读本章之后,**
>
> 如果 10 分是满分,你给你家的亲子关系打几分?
> 获得的分数是因为什么?
> 缺失的分数扣在了哪里?
> 如果可能,请让你的孩子也回答一下这三个问题。

第四章

父母自我成长,
切断原生家庭的代际传递

No.

13

"儿子对我怒喊：
如果你不是我爸爸，
我要把你砍了！"（上）

父母档案

姓名：Z

身份：爸爸

概况：大儿子读初二，休学中。没有被好好爱过的人成了父亲，他干涸的内心掏不出爱来，但为了孩子，只有"改变"这一条路可走。

Z在外地工作了15年，一年前才调回来。他和他老婆都是老师，他们的孩子这学期开始休学。

"如果你不是我爸爸，我要把你砍了！"儿子在很小的时候，就对他喊出过这么激烈的话。他感受不到Z的父爱，就像当年Z感受不到来自他父亲的爱。

这根"世袭"的链条，是有可能在Z这一环断开的。

一个中年男人重新认识到原生家庭对自己的伤害，然后将其抛在脑后，一步步学习如何感受自己、感受别人。

这很不易，也很让人感动。

Z　　我儿子在读小学四、五年级的时候说过一句话，令我印象深刻。他说："如果你不是我爸爸，我要把你砍了！"

陈瑜　他为什么会说这样的话？

Z　因为他读小学二年级的时候，我打过他。那次打他是我自己的原因，我老婆表姐的孩子来我家住了将近半个月，没交生活费，我当时心胸很狭隘，总是斤斤计较。

我儿子那天扫地扫得不干净，我就说他"地都扫不干净"，打了他一巴掌。我知道当时儿子没有做错事，是我把不满的情绪发泄到孩子身上了。

孩子对这件事情印象很深，一直记得这件事。

陈瑜　你经常打孩子吗？

Z　加起来也就两三次。

我之前真的没有尊重过孩子，我在书店看到一本书，其中有一章写"严厉的教育是危险教育"，从那以后我就没有打过他了，但感觉我们的关系一直很紧张。

有一天我送他去上学，他说："爸爸，能不能一天给我 10 块钱，一个月给我 300 块钱？"我当时就同意了。

一个星期六的早上，他又向我要 10 块钱买早点。我说："我每个月给你 300 块钱生活费，你花在什么地方了？"他解释了一下，我就感觉他是在撒谎。

我没有给他早点钱，他就生气了，他说："你不想要我的话，你就把我杀了！"然后，他就从厨房拿了一把水果刀，走到我旁边。我当时是躺着的，他说了三遍，我就把水果刀抢过来丢掉了。之后他又进厨房拿了另外一把水果刀，指向他肚子。我跟着进去，又把水果刀抢了丢掉，把他搂在怀里。四五分钟之后，他慢慢地松开了。

其实我觉得主要是我心里没有孩子，他能够感受到，这是最重要的。

陈瑜　你为什么心里没有孩子？

Z　跟我的经历有关。我家境比较贫寒，读书的时候我就比较节约，一直都把钱看得很重要。

我之前的想法是，金钱比孩子更重要，金钱在第一位，孩子在第二位。我都不愿意要孩子，养小孩子的成本根本就收不回来。

陈瑜　所以你没有欢迎小生命来到这个世界，是吧？

Z　是。

陈瑜　你真的看到他的时候，没有很喜欢吗？婴儿都很好玩，他没有激发你的父爱？

Z　没有。

陈瑜　他一生下来，你就觉得是个负担？

Z　是。其实从心理的角度讲，讨厌孩子，就是讨厌自己的某一个方面。

陈瑜　你讨厌自己哪个方面？

Z　就是对自己的一种不接纳吧。我有一种自卑心理，对自己的工作能力、人际交往能力各方面都不满意。我自我评价比较低，就是感觉没有心力去接纳孩子，没有从内心深处去尊重、理解孩子，没有让他体会到那种被关爱的感觉。

孩子愤怒也是情有可原的，我之前连自己都做不好，躺平了好几年。我躺到什么程度？前年暑假，我老婆怀着老二，可我一回到家，饭也不煮，碗也不洗，什么也不干。我自己能量也很低。

老二出生之后，从医院抱他回来的路上，我突然想松手，让他落到地上。

陈瑜　为什么？

Z　突然产生的一个念想，不为什么。

陈瑜　你抱着小孩子的时候，没有那种当爸爸的幸福感吗？

Z　没有，我觉得我的感受能力是缺失的。

陈瑜　你不想生孩子，为什么要老二呢？

Z　我本身不想生孩子，当时就是看到政策放开，想着两个孩子有伴儿。我可能还是比较认同传统的多子多福的思想。

陈瑜　这听上去有点矛盾：你前面说，养孩子是一件亏本的事，但是现在你又说认同多子多福，这怎么解释？

Z　人本来就是一个矛盾体，不是吗，陈老师？

陈瑜　其实很多事情你自己也没有想得特别明白？

Z　对，处于矛盾纠结中。

— 02 —

陈瑜 你小时候的成长环境是什么样子的？

Z 简单地说，我不幸福。我父亲经常打我母亲，当时我不知所措。我之所以挨打比较少，就是因为我学习一直很好。

但是，无论我做得对还是不对，我母亲都要打我。我当时不理解，现在理解了一些。我父亲经常打她，她没办法，我就成了她的发泄通道。

小时候有一次在我叔叔家，我听到我父亲说："打孩子，就要让他不要哭。"我听到这句话，就很气愤。

然后有一次，我父亲跟另外一个叔叔聊天的时候说"嫁出去的姑娘是泼出去的水"。我小妹妹没有读书，就是因为家里重男轻女。他说了这句话，就加剧了我对他的反感。

其实我在生活中，一直不敢跟父亲说话。

陈瑜 你童年生活在一个很恐惧的状态里，是吗？

Z 不仅是童年，一直到现在，我都是活在恐惧当中。

我父亲打我，还不让我哭。这种经历就始终是疙瘩，我始终解不开。还有母亲说的话，我也不能接受。别说小时候，就是两三年前，我在老家盖房子，买了个什么东西，我妈都要骂我。

陈瑜 你在爸爸妈妈那里体会过被爱吗？

Z 能体会到的时刻并不多，唯一一次是在我初二时，爸妈给我买了件新衣服。

这样的时候很少。

陈瑜　对你来说，是不是从小就需要把自己的感情收敛起来，不去表达自己的感情，才会觉得比较安全？

Z　我没有表达过。怎么表达？向谁表达？

- 03 -

陈瑜　你和老婆的关系怎么样？

Z　我跟我老婆关系不是很好，因为之前我对这个家的贡献很少，所以我老婆经常骂我，我一直也无力反击。

之前我也打过我老婆，就是在孩子读二年级之前。后面我学习了以后，就没有打人的想法了。我会忍气吞声，忍不住的时候就骂人。

陈瑜　你当年看你爸爸打妈妈的时候，是非常恐惧的，但反过来为什么会打老婆？

Z　因为情绪到了。还有一个原因：我没有更好的处理情绪的方式。其实这个就是因为受家庭环境的影响，又没有学到新的处理情绪的方法。

陈瑜　等于你也沿袭了爸爸当年的做法。

Z　大多数人都沿袭了。

儿子读小学二年级之后，我就慢慢看些书来调整，但那些只是理论，我从没有真正感受过。

陈瑜 什么时候有了真切的体会？

Z 是一点一点慢慢突破的。

我参加了十多期父母学习群，第一期在里面不敢说话，第二期、第三期慢慢把自己的一些情况说出来，得到肯定，一点一点有了一种感受的能力，一点一点地感受到别人了。我之前的感受能力很差，主要是我的性格太内向了，并且是根深蒂固的。我需要一个长期的过程，慢慢来调整、成长。今年5月，我咨询了心理老师，从老师那里感受到被爱、被尊重、被理解，然后就一点一点地逐渐放开了。

- 04 -

陈瑜 你从外地回来之后，现在一家四口的家庭情况怎么样？

Z 现在儿子没去上学。我觉得，一是因为我之前一直在外地，没有尊重和理解孩子；二是因为他母亲对他要求比较高，他没有感受到爱，达不到我们的期待，就产生了失落、孤独的感觉。

我老婆面临的压力比较大，她自己也是老师，之前对孩子的要求相对高一些。但是相比之前，我老婆现在的状态还是比我想象的好多了。自从孩子不再去读书，我老婆也可以放下很多东西了，也做出了很多的改变。

现在我和老婆在教育孩子方面出现了分歧，比如孩子玩游戏，我还是比较支持的，但我老婆要求孩子休学在家看书。我的观点是，他现在这种状态怎么看书？要允许他玩玩游戏，然后慢慢跟他沟通，让他走出来。

我儿子一直通宵玩游戏。前几天，凌晨4点钟，我老婆起来了，其实我是知道的，但是我又不能阻止，结果就听到他们争吵的声音很大。我老婆说："你不上学可以，但是你要睡觉！"孩子就说："你是不是要让我去死！"然后我就起来了，把老婆拉开了。

陈瑜 很多家庭在孩子刚开始休学的阶段，会经历很激烈的拉扯和对抗："你什么时候去上学？""你不去上学，你想干吗？"……你们家是什么情况？

Z 我们也没有强迫他继续上学，只是在背后、从心里慢慢地理解他，做好我们该做的。

有一次他又通宵玩游戏。我早上5点起来，给他煮面条吃。我老婆说："他通宵玩，你还给他吃！"

陈瑜 孩子是什么反应？

Z 孩子问我："吃不吃？"我说："我不吃。"他就自己吃了。

陈瑜 嗯，要解决问题，首先要修复关系。

你真的能够心平气和地对待目前的状况吗？

Z　　　不管你相不相信，可以说我能够做到。

有一个例子可以证明：我办公室的老师请我一起吃饭，我还跟他们开玩笑，很自然，不像之前那么拘谨了。我们主任后来知道我孩子不上学的事，说："你孩子不上学，你吃饭的时候竟然表现出那种状态，你还是比较厉害的。"

陈瑜　　嗯，你一直在学习，一直在改变，对中年爸爸来说，真是不容易。

对于这个家，你有什么后续的计划和想法吗？

Z　　　看看有没有其他适合儿子的学校。即使他不去，我也能够接受，也做好了心理准备。

陈瑜　　你渴望成为一个能让孩子体会到父爱的爸爸吗？

Z　　　人在没有得到的时候，会特别渴望。我现在感受能力强了，不像以前那么渴望了，因为我觉得这件事情我慢慢能做到，就觉得心里有底了。

No.

14

"儿子对我怒喊：
如果你不是我爸爸，
我要把你砍了！"（下）

父母档案

姓名：Z

身份：爸爸

概况：大儿子读初三，第三次复学，顺利回归校园。

儿子休学两年，复学三次，Z说这一次儿子复学应该能成功。

为什么？因为在Z看来，儿子终于清理了自己心底的淤泥，自我成长了，随即家人们的状态都跟着发生了改变，孩子也有力量了。

两年前我做Z的访谈时，他坦诚讲出因为原生家庭充满暴力，他从小被要求打了也不能哭，所以他成长为一个没有感受力的人。

在抱着第二个孩子从医院回家的路上，他有一刻甚至想松手，让孩子掉在地上。他没有获得过当父亲的幸福感，从来没有。

他对孩子的嫌弃，儿子当然是能感受到的。在愤怒到极点的时候，孩子曾举着刀对着他怒吼："如果你不是我爸爸，我要把你砍了！"

Z开始回归家庭，学习重新做爸爸。

两年后，开学没多久，Z主动约我再做一次访谈，他说儿子第三次复学，这次应该能成功。

他用"艰难"来形容这两年的日子。的确艰难，不过，我从中看到了一个中年人的重生。为了孩子,他没有放弃。

- 01 -

陈瑜　这两年是怎么过来的?跟我说说。

Z　一个词:艰难。

陈瑜　我记得两年前我们对谈时,孩子刚休学三个月,成天打游戏。他这个状态持续了多久?

Z　很久很久,直到今年 8 月份。包括我们回老家时,他都不跟我们回去,一个人留在县城里面。

陈瑜　孩子每天的作息是怎样的?

Z　没有任何规律,就是想睡就睡,想玩游戏就玩游戏,有时候整个晚上不睡。

除了打游戏,其他事情一般不做。好的时候,比如今年,他偶尔也会带我们运动,但次数不多。

陈瑜　从家长的角度去体会你的感受,这两年看着孩子这样,真是很心疼啊。

Z　是,我也有过放弃的想法,看着他成天玩游戏,没有任何改变的迹象,肯定是绝望的。

我之前跟你讲过,我出现过幻听幻觉、咬牙切齿、肩膀抖动,这些是抑郁症的症状。那时候稍微受到刺激,我就会崩溃、撞头、发飙。我非常感谢我老婆，我老婆没有批评我，反而在关心我。

绝望的时候，我就一直向外求，去寻找拐杖。每次想要放弃，就跟心理老师连线，一连完线就感觉又看到了希望。为了孩子，我才坚持下来了，一直都没放弃。

- 02 -

陈瑜 在那些你要放弃的关头，咨询师跟你说了什么，让你又有希望了？

Z 比如今年 6 月中旬，那一次我比较焦虑，因为儿子要参加地理和生物会考，要占中考 70 分的成绩，可那时候他不去参加考试。咨询师就说，对他来说，从整个人生来看的话，放弃这 70 分没有多大影响，如果他以后好好学习的话，这 70 分也可以从其他学科补上，或者说他即使不读书，也有其他出路。

其实这两年我的主要精力放在了自我成长方面。我找了两个心理老师，第一个心理老师让我感受到爱，感受到被理解、被支持，然后把这种感受到的东西慢慢放到生活中；第二个老师教我觉察与肯定，在她的要求下，从孩子休学到现在复学，我写了 195 篇作业。

作业包括两个方面：第一个方面是觉察作业，比如说每一次我生气了，我就觉察生气背后的情绪是什么、需求是什么，然后再想办法去处理；第二个方面就是肯定自己——肯定自己做的事情，就会很有力量。通过这195次作业，我的思维方式和做事的方式慢慢地就发生了改变。

最重要的是我处理好了我跟我父亲母亲的关系。我用了将近两年的时间，理解我父母。

第一次治疗时，心理老师让我体会到当时爸爸不让我妹妹去读书时的纠结，想到这一点，我就得到了一点宽慰。然后她让我看见父亲的资源不足，也看到他对家庭的付出，但还是没有达到疗愈的地步。今年6月，心理老师让我闭上眼睛，我感觉我父亲高高在上地站在我的左上方，我在咨询师的引导下跟父亲进行了一些对话，对话之后，我就感觉父亲跟我平起平坐了，好像他蹲下来拍了拍我的肩。结束的时候，我感觉到我父亲不想离开这个家，他一直看着这个家。

然后我又处理了跟我母亲的关系。她站在侧面，不敢正视我，然后在咨询师的引导下，我表达了她曾经打我却不让我哭时我的情绪。心理老师充当我的母亲，与我进行了对话，她跟我说了她的不容易，她也没有办法。在这个过程中，我把这么多年的委屈释放出来了。在咨询师充当母亲说话的时候，我感到自己被允许、被支持、被看见，所以我也要去看见自己和看见母亲。

心理老师跟我说，我要把父亲的责任还给父亲，把孩子的责任还给孩子。我并不理解我应该给孩子什么责任，一直到今年的 8 月 20 号，我才想通，才真正地放下了期待：无论孩子怎么样，都可以。

后来我孩子跟我聊天的时候说，他其实在 8 月 19 号晚上跟我有相同的想法——能考上民办高中也可以。我们有了一次同频的经历。

我家孩子是在今年 8 月 19 号晚上 10 点跟我们说要回学校读书，然后 8 月 20 号那天开学，他就去复学了。

陈瑜　孩子为什么会突然提出他想去上学了？

Z　我也不知道。我们本地初三开学时间是 8 月 20 号。8 月 15 号左右，我老婆就问他要去什么地方读书，他没回答。我问他是不是没想好，他说是没想好。

陈瑜　他还在原来的学校吗？

Z　没有，他转到乡镇中学去了，那是他从小生长的地方。是他自己选择的，他说，城里面的学校他就不去了。

陈瑜　这是他这两年里第一次去学校吗？

Z　这是他第三次复学了。他去年 9 月份复学了一个月，但因为发生了一件事情，他又回来了。

坐在我儿子前面的女生，经常把他的书碰掉在地上。我儿子去跟那个女生的同桌借橡皮擦，那个女生不让借，后来他就打了那个女生。

我老婆还有班主任都说是我儿子不对，我觉得当时自己不具备处理问题的能力，所以就没有去学校。但是我也知道那个女生肯定是有责任的，并不全是我儿子的错。这件事情孩子觉得很委屈，所以国庆节休假之后，他就不去了。

今年3月份，他去县城的另一所中学复学。刚复学的时候他坚持不住，起床时叫不起来。班主任就说，如果请假达到三次，就不能再去上学。后面他请了三次，所以就不去了。

陈瑜 那两次孩子复学没有成功，当时对你来说是打击吗？

Z 打击肯定是有的，但我觉得主要还是我自己身上的创伤没有治愈，很多东西我没处理好。孩子复学失败的原因还是在大人身上。

他第一次复学失败，是因为我跟我父母的关系没有处理好，他就不能处理好与同学的关系。上周末，我儿子跟我分享了第二次复学失败的原因，他说他会胡思乱想，很纠结，不知道下课时跟谁玩。也就是在那个时候，我自己也很纠结，也会胡思乱想，因此孩子也承担了一些。

这次他去复学的时候，也遇到类似的情况，但是他的处理方式就不一样了。上周，他比较好的一个朋友的妈妈，让他们家孩子不要跟我家孩子玩，因为我家孩子打过架，休学了两年多，而且在两所学校都没能成功复学，等等。我儿子听到这些，并没有生气，也没有找同学的妈妈去理论。他跟我们说："我现在放下了，只要我的成绩上去了，这些声音就会没有了。"

陈瑜 为什么现在他有这样的力量？

Z 因为大人的状态改变了，孩子的状态会随之改变。比如说我以前跟我孩子分享，说我母亲哪些地方做得不好，我家孩子就会骂他奶奶，他承担了我的委屈。我跟我父母的关系缓和后，我没有委屈了，轻松了，那么孩子承受的东西就少了。

我妈妈说要换一部手机，我们给她我老婆以前用过的智能机，我妈妈不要。我儿子说，既然她不要，我们就给她买一部老年机。孩子跟奶奶的关系变好了。

现在我母亲也改变了。她除了煮饭、洗碗，其他什么事情都不做，小孩也带不住。之前我回家看到她这样就很生气，会要求她去买菜什么的，但现在我改善以后，我母亲也轻松了，以前她一洗碗就骂人，现在不会了。

我现在也敢跟父亲说话了，现在他说话的语气也不像以前那么激烈了。

我跟我老婆的关系也有变化。她有情绪的时候，我能接住她。前两天她骂我，说我不带孩子，我看到了她的疲惫，能接受她的情绪，让她发泄出来，这样她就能好过一些。有时候我也会送孩子去上学，所以也能体会到我老婆的不容易。

这个不需要去说，只要自己改变，整个家庭就改变了。

现在我敢跟任何人说话。通过心理咨询，我一点点放下，一点点地去肯定自己，增强能量。

陈瑜 也就是说你现在不怕权威了？

Z 对。我前一阵做了一个梦，在梦里面，我的面前有四五十个人，他们拿着火把，嘴里面含着油要喷。我就用右手指着我面前的三四个很壮的人说："你们不要喷火，不能喷火！"他们一个都不敢动。

现在我有了这样的力量。我以前很懦弱，但现在我做的梦都是成长的梦，在梦里面都有方法去解决事情。

陈瑜 这真的是一个从量变到质变的过程：你通过学习和咨询，思维方式发生改变，容忍度和接纳度更高了，处理实际问题的方法更多了，你的情绪就会越来越稳定，人就会越来越从容。

– 04 –

陈瑜 特别想听你说说，你和儿子之间的关系这两年经历了怎样

Z　　刚开始的时候，我感觉如履薄冰。我们有时候不敢跟孩子讲话，如果要讲话的话，都是小心翼翼的。再到后来，就感觉慢慢可以放开地去说了。

首先是我对孩子的包容度增加了，他的情绪才能释放。比如说他刚休学的时候，他就跟我说，网速太慢，玩游戏太卡了，要把路由器砸掉。如果是你，会怎么处理？

陈瑜　　如果是我的话，我就会帮他去搞一个新的路由器，想办法让网速变得更快一点。

Z　　对，是这样的。首先，我就支持他先把路由器砸掉，再买个更好的。

陈瑜　　你当时为什么能做到这样？

Z　　很简单，我在家长学习营里面学到，要慢慢以孩子为主，要考虑孩子的感受。我就看到，当时他在玩游戏，网速慢，打某个人打不到，他肯定很着急。先让他把情绪宣泄出来，如果不宣泄的话，就会堵在里面，对他会有很大的影响。所以让他把路由器砸掉，把情绪先宣泄出来。

正因为这件事，孩子后来有什么话，他才敢表达，才敢跟我们发脾气。

今年8月6号左右，我们去外地旅游。他们去骑马，200块钱骑一次，但是我看了一下，就骑一小圈，觉得没有意思，就不去。我儿子直呼我名字，骂了句脏话，说"你不要瞎说，不要影响别人"。

他这样说，我是很生气的，但是我没有去指责他。他玩完出来以后，发了一条短信给我，说他非常抱歉，感觉自己也疯了。然后，我就回了他三个字："没关系。"后来他也跟我说，骑马这件事他要尊重我的选择，而且其实也不好玩。

我的包容度提高以后，他有什么话就敢跟我讲，有愤怒或者其他任何情绪，他都可以发泄。允许他对外攻击，他就不对内攻击了，然后状态就会慢慢地回升。

我也是一样的。我原来是对内攻击、纠结、内耗，不敢对外去发脾气。今年去旅游的时候，我也跟两个朋友吵架了，但是吵完架我很舒服。

陈瑜 你整个人打开了。

Z 我觉得是因为我的力量增强了。

陈瑜 你和儿子之间有没有发生某个事件，让你们的关系上了一个台阶呢？比如某个时间发生了什么，你觉得你们的关系好像更好了？

Z 我没有对孩子做任何要求，只是做孩子的后勤大队长，每个月打300块钱给他，让他去买游戏装备。

印象深的就是他熬夜的时候，我经常煮夜宵给他吃。他问我有什么话想跟他说，我就跟他道歉，因为我曾说我嫌弃他。后面他也安慰我，他说："爸爸，你也有做得好的，你曾经还陪我踢足球、打篮球。"

还有在今年 3 月份，我在做肯定自己的练习，就向我老婆要肯定。我家孩子说："你是不是每件事情都需要肯定？"我说是的。后来他就经常肯定我，他一直在陪伴我成长，他也给了我很大的力量。

现在我能感受到儿子在很艰难的时候还会安慰我、照顾我，我真的非常佩服我家孩子，其实我要感谢他。

陈瑜 真不容易！回想之前，孩子拿着刀冲你喊："如果你不是我爸爸，我要把你砍了！"

Z 对，那个时候其实孩子也很痛苦，因为他有这样一个糟糕的父亲，他嫌弃他的父亲，不认可他的父亲。

你想想这孩子一出生就不被认可，其实他并没有犯什么错误，是我给孩子制造了很大的危机。如果换成我自己，我可能没有他那么好……（哭）其实，我嫌弃他，他都能够感受到。孩子的非正常行为，都是大人未疗愈的创伤造成的。

孩子承担得太多了，而我当时根本想不到这些。我之前的感受能力是很差的，根本感受不到，我心中只有自己，没有别人。不过，通过学习，我的感受能力一点一点在增强，我现在可以不靠任何人，可以丢掉拐杖成长，可以面对生活中的一切了。

陈瑜 你们家真的是一个特别典型的案例。你的创伤在孩子身上发作，然后你自我疗愈，带动全家人好转。

Z　　内部固化了，要一点一点地去松动。

- 05 -

陈瑜　从 8 月 20 号到现在，孩子复学读下来感受如何？

Z　　他感觉还是挺好的。

上周五回来的时候，他就叫他妈妈给他配眼镜，去理发，上周六背单词，下午就看初二的数学。他是初一下学期休学的，现在复学上初三，初二的知识要补一下。

陈瑜　真不错！

Z　　我看了一下他的语文课本，笔记记得很好的。老师也反映说，他上课也听课的，作业也是完成的。上周星期天我送他去学校，他到学校就开始做物理作业。

陈瑜　这一次孩子复学，你和孩子的信心是不是都会变得更足一点？

Z　　这次复学也是做了心理建设，如果失败也没有关系啊。如果他没调整好，那就再调整，错过了就错过了。

这次复学，我对孩子没有说过任何一句话。后面孩子自己也说，通过这两年的经历，他知道要自己找出路，来走出这个困境，他其实也在通过自己的力量在探索。我儿子非常不错！

我给他提供了一个宽松的环境，外围障碍解除了，他内心就生出了力量，处理人际关系方面有了很大的进步，也能承受住一些压力了。

陈瑜　真好，就像你说的，无论孩子接下来的路怎么走，你都能够从容地做他的父亲。

Z　嗯，我深深地看见了自己。

陈瑜　你们俩都有一种重生的感觉。

Z　他现在这种状态，不读书也无所谓，我相信他绝对不会自杀的。只要活着，就可以成长，就还有机会。

陈瑜　还挺感慨的。你这两年特别不容易，也特别了不起。

Z　没有没有，我成长太慢了，我都40岁了。

陈瑜　但是我看到好多父母，都不会意识到问题可能出在自己身上，不会意识到是自己的问题造成了孩子今天的状况。他们看到孩子休学，所有的脑筋都用在怎么改变孩子，让孩子快点复学上。

不是每个父母都有你这样的觉悟的。你把力气用在改变你自己上，然后让这个家庭变得更加有力量，让每个人都能在自己的位置上去做好自己。这条路你走得特别对！

Z　我花了很长时间。我从2016年开始就在思考这个问题。因为这个改变是很难的，我用了这么多年的时间，观念才慢慢松动，然后再突破自己，去改变。如果观念不改变，就还是会去纠正孩子，那第一步就被挡在外面了。

我首先要感谢我自己的坚持和努力，其次感谢两个心理老师的陪伴，因为个人的力量太微薄了，最初是需要别人支撑的。

我这次主动联系你的目的，是想把我的经验分享给一些正在休学的孩子的家长，即便我可能并无法改变他们、影响他们。

陈瑜　我觉得你的经历、感想、思考，都特别宝贵。

Z　我觉得也是啊，但是生活中 99% 的人还是会怪孩子，我无力争辩，真的很难。

从觉察，再到去做，去落实，我也是经过了几年的时间。这个过程真的很艰难，这条路不一定能走下去。

陈瑜　对，但这条路也一定是有人能走下去的，哪怕 100 个家长里面，有一个能发生松动、做出改变，那至少也有一个孩子可以喘口气。

Z　对，如果百分之一、千分之一的人能够受到影响，能够走出来，那就很好了。

陈瑜　嗯，我也是这样想的。

Z　我接下来想潜下心来自我成长，两年后再跟你分享我和孩子的变化，我再成长两年，以两年为一个节点。

陈瑜　哈哈哈，你一定要记得我们的两年之约，有新的感悟再来找我。

Z　一定会有的。两年后我一定比现在更成熟。

陈瑜 期待，两年后再见！

Z 好！

（采访结束后的第二天，周五晚上，Z给我发来几条语音："孩子回来跟我说，他不怕学习语文了，因为他的经历比以前丰富了，作文也会写了，而且他还报了一个阅读和朗诵班；数学的话，他找到了方法记功课、记难题；英语的话，他说现在也学会拼单词了，只是还不能记住很多。

"这次孩子已经复学三周了，我看他还没有不去学校的想法。我觉得这次会成功的。"）

No.
———
15

"被我逼出抽动症的孩子，让我亲手来治愈她"

父母档案

姓名：娟子

身份：妈妈

概况：大女儿读初三，有抽动症。娟子从小被打到大，当了妈妈后再去打自己的孩子，这样的强迫性重复何时是个头儿？好在，总有家长会醒悟，会收手。

娟子告诉我,在她女儿状态起起伏伏的时候,她把我的书《少年发声》递给孩子:"你看看你的同龄人。"

女儿边看边哭:"我们怎么都那么可怜!"

娟子快人快语地讲述了她和女儿的故事。一个被从小打到大的人,成为母亲后,要管住自己的嘴和手,并不容易。娟子说:"被我逼出抽动症的孩子,让我亲手来治愈她。"

- 01 -

娟子 我的原生家庭比较严厉,所以我对我女儿一直都很严厉。我脾气比较急躁,在她的记忆中,整个小学,只要她爸爸不在家,她可能都是挨了我的打的。

2017年,我怀了儿子,当时自己不觉得,但后来女儿告诉我,我整个孕期是非常暴躁的,她是战战兢兢地在做人。

那个时候她这样说，我还不太能理解她。

儿子一两岁的时候，因为当时家里的房子比较窄，就让他跟着我妈住。我一直以为我是为女儿好，就告诉她："因为你要小升初了，比较紧张，所以弟弟不住在家里。"其实我也不知道这些话是对她有伤害的，也就是说把分开住的责任推给了她，她的心理压力是很大的，会觉得是自己造成的。

陈瑜 你说女儿整个小学都在挨你打，通常什么情况，你会压不住火，要对女儿动手？

娟子 实际上，她整个小学阶段学习的独立自主性都是非常强的，我基本上没怎么管过她，但有可能她有时候写作业拖拉，看了课外书，或者开了一下小差，我就会打她。每次她挨打我给她安的"罪名"，都是学习态度不端正。

陈瑜 一般来说，别人家的小孩子做作业开了一会儿小差，爸妈可能会提醒，或者会骂两句，这个级别的问题就要动手打，属于比较严厉的家长。

娟子 对，就是这样，其实我当时是不自知的。

关键是我们家爸爸总是不在。她爸爸脾气很好，如果在家的话，我一批评，爸爸接个话茬儿，我就不开腔了。

每次她挨打都是她爸爸出去应酬的时候，因为没有人接茬儿，我就控制不住了，火上来了之后，整个人就会很急，骂孩子，骂着骂着就忍不住，手不自觉地就飞出去了，就会打人。

陈瑜　我有一个推测，不一定对，因为你几次提到爸爸不在家，你容易有情绪。有没有可能你把对她爸爸出去应酬的不满转嫁到了女儿身上？

娟子　我觉得应该不会。她爸爸是一个很顾家的人，除了工作应酬和出去踢球，孩子在家的时候，他从不跟朋友约着喝酒吃饭，所以我应该不是因为他有的情绪。

我知道我自己的脾气，应该是受原生家庭影响很大。我20多岁了，我爸爸还在打我。我小时候挨打挺多的，真的非常多！

— 02 —

陈瑜　你小时候挨打通常是什么样的情形？

娟子　我爸爸妈妈文化程度不高，他们信奉的就是"黄荆棍下出好人"，所以我不听话的时候，就会挨打。我小时候有一次撒谎拿了我妈的钱，我妈那回打我打得挺惨的，所以我女儿那次撒谎时，我也把她打得挺惨的。

陈瑜　你说你20几岁了，你爸还打你，他为什么打你？

娟子　应该是因为违逆他了。

我第一个男朋友是我爸爸给我介绍的，是他一个朋友的儿子。我当时是反对的，我不同意。我都要上班了，他坐在我的床前说："你不谈恋爱，就不要出去上班了，你就待在这里！你要出去，就踏着我的尸体走过去！"

我就是在这种环境下长大的。我觉得那个时候我就像一棵小草，还是很顽强的。

其实我爸爸打我的次数少，我妈打得多，因为我爸手很重，打一次基本上我会痛很久。但是我觉得我还是嘻嘻哈哈很开朗的性格，没有多想，很单纯。但我跟我爸爸关系到现在都不好，他打我或者对我说的那些话，其实我都是记在心里的，我跟他的关系无法缓和，我跟我妈的关系倒还好。

陈瑜 你对女儿的打骂也比较多，你觉得她的成长状态和你小时候的成长状态有什么不同吗？

娟子 应该不一样，因为现在我们开始抓教育了。

我小时候我爸我妈从来不管我学习。我女儿一方面要被我管学习，一方面又因为学习经常挨我打，她心里应该是很压抑的。

我无意间看到她小学毕业时画的一幅画，上面就是黑色的，我看出来画中充满了负面的能量和很消极甚至厌世的念头。我问过她，她说她以前是想过跳下去，但现在她不想了。

陈瑜 你看到那幅画之前，有感受到女儿的情绪吗？

娟子 没有，确实没有，她一直都是嘻嘻哈哈的，我一直都认为她很开朗，但是实际上她那个时候负面的情绪是比较多的，只不过她在我面前隐藏得很好。

陈瑜　你小时候被爸妈打，其实挺痛苦的，有没有想过，以后做妈妈不能打孩子？

娟子　我想过，但是脾气真的上来之后，控制不了。

- 03 -

娟子　后来她上初中，刚好那年小升初第一年摇号，我们摇到了市里数一数二的私立学校。当时她也挺开心的，听说要住校，还主动要求我带她去把头发剪了。

她问我那个学校的条件怎么样，我想着私立学校的条件应该很好，就告诉她宿舍是4人间，有独立空调、独立卫生间。结果到了学校发现，住宿条件是很差的，类似于20世纪80年代的大工厂集体宿舍，所以她就不想住校了。我当时钻了牛角尖，觉得她不能吃苦。

她一个小学同学也摇进了这所学校，那个女孩子不想住校，家里就不让她住了。我女儿把那个女孩子跟家里说的困难和一些不想住校的原因写到一张纸上，用宿舍的电话给我打电话，念那些住校的困难，我不为所动。

初一上学期，因为住校问题，我打了她很多次，而且动不动打她耳光，踢她的肚子。我现在回想起来，都不知道我为什么会那样。然后她就屈服了，初一住了一整年的校。

她控制住了自己的情绪，我当时也被表象麻痹了，但整个初一上学期，她几乎没有学到什么，身体不断处于应激反应当中。我们在学校、医院、家里这三个地方跑，然后她的成绩就一落千丈。

班主任找我说："不行的话，你让她回去住。"我说："不行，她吃不得苦！别的孩子都能住校，为什么她不能住校？！"我当时钻了牛角尖，老师评价我"不可理喻"。当时我完全理解不了这句话，现在我能理解了。

有一天早上7点多，女儿给我打电话，说："妈妈，我出不了气儿，我胸闷。"我当时就去学校接她到家附近的医院，以为她是哮喘急发。她10岁的时候确诊了哮喘，我们在持续治疗。她经常清嗓子，已经有三四年了。

入院之后，医生来会诊，就跟我说："你女儿这个情况不像是哮喘，像是抽动症。"我当时第一次听到"抽动症"这个名词，就问医生该怎么办。他说："你去看一下神经内科。"然后我就带我女儿去看，做了检查之后，确诊是抽动症。

陈瑜 小姑娘清嗓子这个现象，是从什么时候开始的？

娟子 就是小升初的时候，五、六年级吧。那个时候确诊的是哮喘，我完全不知道清嗓子其实就是抽动症的一个很明显的表现。

陈瑜 那个时候，你怀儿子了吗？

娟子 好像是怀上了，因为我女儿一直想要个妹妹。

陈瑜	你觉得她抽动症发作,和你怀孕有关,还是和小升初有关?
娟子	我觉得应该还是怀孕,因为她跟我说过,那个时候我的脾气变得非常怪,她稍微不注意就会挨打挨骂,所以精神压力比较大。

其实我一直自诩是个好妈妈,但是我不知道因为自己的暴躁,对孩子非打即骂,对她造成的伤害真的是非常大的。包括她住校那段时间,情绪很低落,我对她说了很多伤害她的话:"你太让我失望了!""我不信任你了。""你一手好牌打得稀烂,怎么变成这样?"

陈瑜	嗯,女儿清嗓子很严重吗?
娟子	很严重,到后面就转成了伸脖子,就像乌龟脖子那样忽然伸出去一下。她说脖子很不舒服,而且要把颈椎伸出声响,真的是要咔的一声,不响的话,她就会继续伸,直到脖子响一下,她才会舒服。
陈瑜	有吃药吗?
娟子	有吃药,我还帮她调整情绪。在这期间,我看了很多抽动症方面的书,听了很多家庭教育的讲座,我痛定思痛:必须改变,不改变的话,对孩子不好。我改变自己对孩子的态度,不能非打即骂,慢慢地有耐心,感觉自己心里边很想冒火的时候,我要压制这种情绪。
陈瑜	真的是这样。有时候小孩已经表达过了、反抗过了,大人仍接收不到,小孩就只好用躯体化症状引起大人的重视。

娟子　我现在觉得她真的好可怜。

我之前就被我们家的表象给麻痹了：我们夫妻关系很好，亲子关系也很好，我的孩子为什么会这样？一开始我自己就在反思，后来慢慢梳理，发现是我的问题。

我给女儿写了封信，我说："我长成了我自己最痛恨的样子。我给你带来的伤害，不知道该怎么弥补，就让我用以后你还在叫我妈妈的时间慢慢来弥补吧。"

陈瑜　女儿看了你的信，有什么反应？

娟子　我看她眼眶红了，她应该是很感动的。后来我问她，她说没什么感想。我说好吧，我们看行动。

- 04 -

陈瑜　能具体说说，你发生了什么样的改变吗？

娟子　以前如果觉得孩子不对，我就会去催促她，现在我先学着闭嘴。在学习方面，包括做家务方面，以前我实在看不下去的时候，可能会骂她，现在就换了一种方式，只是提醒一下。一个家长不去催促、把嘴闭上，我觉得这个过程对于我来说真的是最煎熬的，因为我已经说惯了。其实是心理上要先改变，才能控制住自己的嘴。

然后我绝不打她了，而且我跟她说："妈妈忍不住批评你的时候，你就站远一点，万一我控制不住了，想打你，你站远了，我就打不到你了。"这个是第二个改变。

还有，以前我一直认为我在跟她共情，实际上我没有。以前弟弟小，她要吃醋，我就觉得不能理解：你都10岁了，弟弟还是个奶娃娃，你为什么要吃醋？包括她以前撒娇，我都觉得不能接受：已经是那么大的孩子了！现在我才真正学会蹲下去，降到她的年龄去看很多问题，就会发现她做的很多事情都是正常的，然后去理解她、拥抱她、接纳她。

关于住校问题，以前我想的是，住在学校可以早睡半小时、晚起半小时，每天能多睡一个小时，很难得。可实际上她不愿意住校，可能会睡得不好，睡得更少。所以是我一直站在自己的角度看问题，完全忽略了孩子的感受。以前我认识不到这个问题，是慢慢学习后才认识到的。

主要应该就是这些改变，其中最痛苦的就是管住自己的嘴巴，不催促她。

陈瑜 你忍不住怎么办？

娟子 忍不住，我就走开。我跟她说："妈妈出去一会儿，我忍不住要催促你了。我答应了你改变，我必须做到。"然后我就下楼走一圈，其实那个点过了之后，就会好很多。

陈瑜 所以你也把你的情绪和想法直接告诉孩子，你女儿知道妈妈在调整自己，对吧？

娟子　她知道。我把自己的情绪告诉孩子，然后跟她说："我的情绪是我自己的原因，不是因为你，而且你也不必为我的情绪买单。你现在看到了我的情绪，不必害怕，不必担心，不必有负担，我会自己解决。"

陈瑜　刚开始看到你这样的改变，孩子会不会也有一点发愣，觉得妈妈到底怎么了？

娟子　她那时初一，开始进入青春期，不像小时候，我们跟她说什么，她都觉得是真的。她那个时候有自己的思想，开始思考了，她不相信我会改变。我说："路遥知马力，日久见人心，你就慢慢看，我也不会跟你多说，说了也没用，我就拿出行动来，我们来看。"

就是这样一个过程，持续了一年多，我觉得现在孩子已经好很多了。

- 05 -

陈瑜　女儿的状态有什么明显的改变吗？

娟子　初一下学期整个人的改变不太明显。初二她不住校了，虽然成绩还是起起伏伏，但是状态变得非常好。

她病情控制得非常好，初二下学期几乎没有症状了，偶尔碰到考试，她会抽动一下脖子，平常几乎不会了。

以前她房间很乱,像鸡窝一样。她不愿意整理,都是我每几周去给她大扫除一次。今年5月份,有一天她忽然说:"我这个房间怎么这么乱,我看不下去了。"然后她自己找了一个周末,把房间整理了,把一些不用的书收拾了。在我看来那个房间至少到现在都还是比较整洁的,她一直在保持。我觉得这个变化是挺大的,应该是她的精神状态发生了翻天覆地的改变,才会出现这种情况。

她的状态一步一步在好转,有时候我提的一些意见,她会尊重、会考虑。包括现在,我们两个有什么事情,都是有商有量的。她提一些什么要求,如果我觉得不合适,她大部分时间会听我的。

陈瑜 嗯,你们母女俩都在改变,真不容易!在这个过程中,你们有没有深聊过?

娟子 聊过,我还是经常会跟她聊的。最开始,她很抗拒,不想跟我聊,一聊我们俩就气鼓鼓的。后来我们就可以敞开心扉、很平和地聊了,应该有过两三次的深聊。

她告诉我她想跳下去,她觉得生活很灰暗,包括我怀孕的时候,她战战兢兢,都是后来我们俩深聊的时候她告诉我的,她说了很多心里话。

陈瑜 当孩子把这些心里话告诉你的时候,你是什么感受?

娟子 我真的很心疼,我跟她说:"我真的很心疼你,我都不知道我以前带给你那么大的伤害,在你眼中我是一个这样的妈妈！"

她上小学的时候，我经常跟她说"我爱你"，今年年初以前，我们就很少说"我爱你"了。到今年，她会时不时地问我："妈妈，你爱我吗？"一天问很多次。我说"我爱你"。到后来她不问了，我就问她："你为什么之前经常问我'妈妈，你爱我吗'？"她说："因为我不知道你爱不爱我。"现在，她不问了，她对妈妈的爱有信心了。

陈瑜 真好，你的学习能力真强，改变的动力真足！有些妈妈很执拗，总觉得是孩子的问题，看不到自己的问题，你通过学习能意识到自己的问题，然后快速行动、快速改变，孩子的状态也随着你的改变越来越好，你做得真的很棒！

娟子 只要想做，没有什么是做不到的。

我们俩有一次谈话时，我跟她说："你初一刚进入青春期时，我把很多东西暴露出来了，给你带来了伤害，然后我及时去纠正了。如果那个时候我不这样做，可能会把这种情绪、对你的态度延续到你整个初中甚至高中，到那个时候我们再来弥补，可能就没有时间了。我很庆幸我还有时间来改变，有时间来弥补。"

陈瑜 就现在来说，孩子在你眼里还有让你看不惯的事情吗？

娟子 我觉得她现在做任何事情我都看得惯了。

以前她每天起来不叠被子、不挂窗帘，我就接受不了，就会一直叨叨。现在我就不说了，我会换个角度想：确实她有时候要十一二点才睡觉,每天 6:20 就起来了,所以我就帮她叠了嘛。她以后叠被子的时间还很长,她自己也会叠的,所以我就不去说了,不去强制要求她。

陈瑜 你也会站在孩子的立场上,去考虑到她的需求、她的困难,会理解她。

娟子 对,而且以前我会把这个问题上纲上线。我爸爸以前也是这样,会把一件很小的事情放到很大。叠被子就是一件很小的事情,我叠了就行了,她省出叠被子的时间,可能就能多睡两三分钟,多好!

No.

16

"我自己受过的苦,
不能让孩子再受一回!"

父母档案

姓名:林子

身份:妈妈

概况:女儿上六年级,自由自在地做自己。找寻自我是林子半生的功课,所以庆幸她的孩子小小年纪就能拥有自我。

林子给我发消息说，她想讲述"一个在父母的高压教育和情感勒索下成长、抑郁、找寻自我的女孩的心声，以及她如何当一名母亲"。

　　连续五年的心理咨询，让她把过往的经历看得格外明晰。这个名校毕业的学霸乖乖女，生出一个执念："我自己受过的苦，不能让孩子再受一回！"

　　我心想，在那个过程中必定是要脱一层皮的。

　　"如果有一位家长能从我的经历中得到一点点启发，去好好接纳自己的孩子，给予孩子成长的时间和空间，也许日后社会上就少一个像我这样抑郁好几年、什么事情都干不了的人。"

　　这是林子参与访谈主动发声的初衷，令我分外感动。

– 01 –

林子   我在成长的过程中几度受过创伤，第一次是我1岁时就离开了妈妈。

妈妈在镇上工作，我在市里跟着爷爷奶奶生活，他们给了我很多的爱，但是我后来学过心理学，知道这种早期的母婴分离对孩子来说不是一件好事。

如果是一个天性没有那么敏感的孩子，这些可能都不是事儿，但对于我来说都是事儿，给我留下了很多创伤。

陈瑜   什么创伤？

林子   安全感不足。

我小时候跟奶奶睡，奶奶每天一大早就去买菜。早上起来，只要发现被窝是空的，我就会哭，每次我都会到菜市场去找奶奶，没有一次例外。

长大后谈恋爱，我经常会问对方：你爱我吗？你还爱我吗？你是不是不爱我了？……安全感缺失得很严重。

9岁左右，我妈妈调回市里工作。但她对我是一种钳制的状态，她是一个没有能力看到孩子的人，不懂得怎么去爱孩子，在生活上对自己、对我的照顾也不周到。我清楚地记得，青春期女生的第一件背心，是我同学带我去买的，我妈妈在这些方面根本都看不到我的需求，更谈不上满足了。

我认为的好妈妈是一个适度的妈妈，不要密不透风地照顾孩子，但是当孩子需要支持时要给予适当的支持——这是我对自己的要求。但我妈妈是相反的，我感觉她自己没有长大，所以她需要我为她的情绪去负责任，您懂吗？就是当她不开心的时候，她会跟我说，是我干了什么弄得她不开心了。

我一直是一个很乖的孩子，至少表面上是这样的，非常照顾妈妈的情绪。当妈妈不开心时，我会不断告诉她"妈妈，我爱你"，用种种方式去讨好妈妈。

陈瑜 妈妈通常会因为什么事情情绪产生波动？

林子 我妈妈是一个很悲观的人，幼年丧父，家庭成分不好，所以别人老说她是地主女儿之类的，家庭背景导致她自己也是一个非常没有安全感的人。

而他们那一代人可能不像我们这样，意识到我有这个问题，我就要去成长，让内心的小女孩长大。我妈妈没有，她内心的小女孩时不时就会出来，她一直都处在一种不安中。

再加上在我小时候，她跟我爸的感情不是很好，因为我爸之前是海员，后来又跑运输，常年不怎么在家。即便他回来了，也不会陪我们，而是去跟他的朋友们吃喝玩乐，所以妈妈长期没有丈夫陪伴。

他们碰面就吵，家里鸡飞狗跳的。反正在我的印象里，我爸妈几乎没有过和谐的时候。要不就是冷暴力，两个人真的有可能半年不说话。

所以妈妈就会说:"我是指望不上你爸爸了,你要给我好好争气,以后妈妈是要跟着你的。"我就想我必须对妈妈负责,妈妈都指望我了,我要好好争气,以后让妈妈过上幸福的生活。

- 02 -

林子 再说到爸爸,我非常怕他,他虽然大部分时间都不在家,但是他的全部意志都会渗透到这个家里。

我怕我爸怕到我在二楼看见他的车回来,就马上跑到三楼自己的房间躲起来,不想跟他见面。吃饭的时候,只要爸爸在,我就会很快吃完,不想跟他有任何交流,因为他会问,语文懂了吗?我说懂了;数学懂了吗?懂了;化学懂了吗?懂了……问题很机械化,只关注我成绩好不好,不关心别的。

我更怕他情绪有什么不对劲,每次一看到他脸色可能有点阴沉,我就会开始哭,像条件反射一样。

陈瑜 很多孩子因为嫌烦,会躲着父母,避免过多交流,但是你对爸爸有"恐惧",你害怕的是什么?

林子 因为他经常威胁我,他的一句口头禅就是"你信不信我打死你"。

其实我爸爸很少打我。我为什么还这么恐惧？我觉得这种恐惧在于我把握不好他的规则，他是一个没有规则的人，我不知道他什么时候又生气了。

有一次，奶奶帮妈妈买了东西，妈妈让我把钱还给奶奶。我去还钱时，开了个玩笑："奶奶，你把这钱给我，让我去买糖吃吧。"奶奶就说："可以，没有问题。"我爸爸突然在旁边大吼一声："信不信我打死你！"很可怕！

我跟您描述前面的这一幕时，您会不会也觉得很美好，就是一个小孙女在向奶奶撒娇，然后奶奶也满足了她索爱的需求？但是后面的不和谐声音一下就响起来了，而这样的事情在我和他的交流中比比皆是。

陈瑜　爸爸在你眼里有些不可预测。如果他仅仅对你的学业成绩有要求，你就做好你的，但是他发火的点经常让你觉得难以捉摸，所以你就一直会有恐惧感。

林子　对，我搞不清楚他什么时候会发火。可能同样做一件事，他今天心情好，我就是被允许的，但如果他今天心情不好，他就会威胁要揍死我。

另外，他很少流露出父亲对女儿的宠爱，几乎没有过。在我的眼里，他只有要求。

从小到大，在我所在的学校，我都是学霸级的人物。班级考完试，只需要问第二名是谁，因为我几乎总是第一名，已经到了这种程度。但是，我得到的肯定非常少，爸爸经常说"不要骄傲，再接再厉"，从来没有由衷地欣赏地说过"我女儿真棒"。

更多时候，就是我这方面做得好了，他又会挑我别的毛病。比如我小学五年级开始长胖，爸爸就会说一些很难听的话："你看你的腿，都已经粗得跟大象腿一样了！"他把我跟左邻右舍的孩子比较："你看哪个孩子像你这么胖？"……这些都会造成我没有安全感。

其实，我先生以前揍孩子的次数比我爸爸揍我的次数要多多了，但是女儿依然不怕他，原因在于他不发火的时候，是非常宠我女儿的。女儿要求爸爸给她涂指甲油，还要在指甲上画画，她爸爸都会帮她去做，会去满足一个小女孩爱美的心理。

但我爸爸不会。我小时候有一次去邻居家，她们有指甲油，我就好奇涂了一点，回家被我爸爸骂得狗血喷头，而且他拿起刀就刮我的指甲。但是这件事，事前没有约定过，如果他事先跟我讲好，说不能做，做了以后就要受到相应的惩罚，那没问题，我心里是有数的。但他的问题在于，他的所有情绪全都在他的心里流动，我对他是没有把控的。他为什么今天生气，明天不生气，后天又生气？我不知道。而且有时候我问他，爸爸这个事情我能做吗？他不回复，不说话。等我真的去做了，就又发现这件事是不被允许的，他很生气。

陈瑜 所以对你来说，一边是没有长大的妈妈，一边是喜怒无常的爸爸，他们都在强化你的不安全感。

林子 对。我以写东西为生，经常会出现拖稿的情况。我很清楚地知道，有时候我刚开始写一点，我内化的父母就会出来指责我："你写的都是什么啊！这么烂，别写了！"我就会无法面对这种感觉，会逃离，三心二意地去做别的事情，就会开始无限期地拖。

这种情况都是跟过去的经历有关系的，所以我也在很艰难地去面对，去慢慢想清楚自己为什么会有这样的行为，慢慢去包容自己、接纳自己，慢慢地不去指责自己。

— 03 —

陈瑜 在这样的家庭中长大，那在青少年阶段，你有过焦虑和抑郁吗？

林子 现在回想起来，我觉得是有的，但是那时候我有一个动力：我觉得家庭太无望了，太令我绝望了，我看不到任何的希望，我想逃离这个家！我成绩好，我知道可以通过考学离开这个家，可能是这个动力给我兜了底。

现在分析起来，那时候我可能是觉得我不能让自己垮掉，那口气要一直撑住，我要考学、考学、考学，要让自己变得很强大，所有事情都要自己去摆平，因为我指望不上他们。

当然这种考学，一方面是因为我想离开家，另外一方面确实也是迎合了我爸爸对我的期待。

其实我爸爸是一个很聪明的人，因为时代的原因没有上成学，他把希望寄托在我身上，一直跟我说"你要出人头地"。所以我也认为自己要为他争气，不能让别人看不起，而且我从小到大确实也是拿得出手、能让爸妈去跟他们的朋友炫耀的孩子。

小学的时候，我可能就有点抑郁倾向，四年级时头疼了整整一年。当时我刚好订了一本杂志，上面写有一个人头疼，去检查发现是脑瘤，后来死掉了。我也不知道那是真实的还是虚构的，但是看完以后就特别害怕，我觉得完了，我也一定是得脑瘤了，很快就会死掉。

但是我在这么绝望的情况下，都没有跟任何人说，就自己默默地承受了这一切。我也不敢跟妈妈说，因为在我眼里妈妈是一个很脆弱的人。

陈瑜　四年级时头疼有什么缘由吗？

林子　那一年可能就是因为妈妈工作调动回来了，我的生活发生了一些变化，好像跟以前的生活道别了。

我以前一直跟奶奶住，但当时三峡移民来我们这儿，房租涨得厉害，爸爸妈妈觉得有利可图，决定把我们家的房子租出去给别人，然后让奶奶离开我们家。

过程不太愉快，爷爷奶奶的东西被直接扔到旁边叔叔家去了。那时候我就开始慢慢和他们对抗。其实我一直都挺乖的，但是因为涉及我爷爷奶奶了，所以我不能忍受。

那一年我都没怎么跟妈妈说话，我俩基本属于零交流，吃饭时我也不说话，菜都不吃，扒几口饭就走了。

后来房子租出去后，家里的两只大狗也养不了了，被送回了农村。

陈瑜 对你来说，那段时间很亲的家人和伙伴都从你的生活当中暂时或彻底消失了。

林子 对，那两只狗被送走以后，我就再也没有见过它们。

我都没有送它们，只是在三楼的房间窗边看着它们被运走。

我在小黑板上写（哽咽）："如果你们遇到什么事情，就托梦告诉我，我就会去救你们！"

像您说的，很多生命中很重要的东西，就这样子离开了，而且没有任何商量的余地。

陈瑜 你有没有跟爸爸妈妈沟通或表达过，希望他们有一些改变？你做过这方面的努力吗？

林子 没有。爸爸妈妈把房子租给别人以后，就说一家人要去朋友家住，朋友家离奶奶很远。我当时做过的最大的努力是，我说我绝不离开，哪怕只是在奶奶的小房间里给我支一张床，我也要留在这儿！

后来妈妈没有办法，在邻居家租了个房子，离奶奶没有那么远了。这已经是我做过的最大的努力了。

- 04 -

陈瑜　你之前给我发消息，说你小时候很压抑，但是生了孩子之后变得叛逆了，这怎么理解？

林子　生孩子的时候，爸爸妈妈提议让我回家生，承诺会把我照顾得很好，我接受了。

我每次还是会对爸爸妈妈抱有一些不切实际的幻想，那种对爱的渴求，又重新让我对他们燃起希望，幻想我跟他们的关系会得到极大的改善。

我在家看了很多育儿书，印象最深的是这句话：Listen to the baby and watch the baby（听见宝贝，看见宝贝）。我接受了这种思想，在给孩子喂奶、把尿，回应孩子哭闹方面，我希望能够遵循孩子正常的生长规律，自然地跟她互动。

可是爸爸妈妈不赞同我的育儿方法，爸爸甚至一句话就给我顶了回来："我看你是看书把脑袋看坏了。"我就不知道该说什么了。当年是他要求我做一个有学问的人，是他告诉我要读书，而现在他说我读书把脑袋读坏了，他要我如何自处？他是要我精神分裂还是怎么样吗？

陈瑜　你以前一直是乖孩子,那个时候哪儿来的勇气和力量,不再听他们的了?

林子　我的力量来源于我的执念,我不希望孩子过我曾经过过的生活,我自己受过的苦,不能让孩子再受一回!

您知道吗?我在月子里头跟我爸爸打架,是真的打架!那时候我妈妈在帮别人照顾一个小女孩。那天已经很晚了,因为那个小女孩尿了裤子,我爸就一直凶她,还威胁她,要把她赶回家,孩子一直在哭。

我实在听不下去了,感觉孩子好可怜,就像我小时候一样,那么孤立无援,让我有代入感。我就抱着女儿从二楼下去了,跟我爸说:"不要赶她出去了,这么晚了,你把她赶出去的话,她挺害怕的,你不要这样子。"

我爸当时就火冒三丈,用很高的分贝说:"这是我的事情,和你有什么关系?你别管!"

当时我就崩了,就疯掉了,都没顾及我说话声音太大可能会吓着我的孩子。我说:"我已经受够你了!这么多年我已经受够了!"歇斯底里地发泄出我对他的不满。后来我说:"我给你跪下,你不要这样对这个孩子,我给你跪下了!"

自从那件事情之后,我在月子里每天都在哭,但我依然在给孩子喂奶,我觉得我的力量可能就来源于我不希望我的孩子再过我以前过的生活,这是我的动力。

- 05 -

林子 我选择给我孩子自由,因为我认为那样的人生才是值得过的;被爸爸妈妈安排好,被告知做什么事情才是对的,这样的人生是不值得过的!

大家都说以后一半孩子要进职高,我觉得没关系。我女儿读六年级,是一个很厉害的厨师,美食做得非常好。今年寒假,她就靠卖她自己做的吃的挣了2000块钱。

她不但有这方面的才能,她还有商业头脑,让我帮她拉群,把我认识的人拉进来,她当群主。所有的点子,包括菜谱的设计,如何定价,菜怎么做,都是她自己搞的。

陈瑜 她卖自己做的菜,你朋友付款,她快递过去?

林子 我们住在部队大院,邻居挺多的,她就在群里发菜谱。邻居们如果要订什么的话,就提前一天告诉她,然后她就会采买食材,第二天按时交货,邻居们上门来拿。

陈瑜 真有意思!你女儿怎么会学得一手好厨艺的呢?

林子 我给您念一下她最近写的一篇文章,您大概就知道了。文章题目叫《拿手好戏》:

"有的人会跳舞,有的人会画画,有的人学习好,有的人会变魔术……当他们在翩翩起舞、用手指弹奏出美妙的音符时,我忙着在厨房里烹饪各种美食。我把油锅里冒出的滋滋的声音当作美妙的音符,而翻炒食材时的动作,也像在跳一曲华丽的探戈一样。

"没错，我的拿手好戏就是做饭。

"3岁的时候，我第一次拿起菜刀切了两个西红柿，虽然妈妈在旁边看得心惊胆战，但她并没有阻拦我。

"4岁的时候，一次周末爸爸妈妈懒得热饭，我自告奋勇来帮忙。我觉得锅里的粥太少了，就自作主张加了点米进去，没想到最后出锅的是夹生的粥。爸爸妈妈笑得不行了，却也没有责怪我。

"5岁的时候，每到周末爸爸妈妈都会睡懒觉，我起来以后没事干，就给他们做蛋饼作为早餐。

"所以我觉得我做饭的本领，是被我那对很懒的爸爸妈妈练出来的。"

陈瑜 写得太好了！

林子： "疫情来袭，爸爸特别忙碌，妈妈也不做饭，我就这样被迫成了大厨。

"那段时间，我看的最多的软件就是'下厨房'，每天对着妈妈发出直击灵魂的拷问：'你觉得会好吃吗？'

"居家学习的时候，我学会了炸鸡翅、炸鸡米花、蒸红糖发糕等拿手好菜。寒假的时候，我更是在家里开了一个美食厨房，我卖美食还挣了2000多块钱。

"妈妈的朋友们知道这事后，都夸我有商业头脑，但我想把挣来的钱攒起来，帮助需要的人。我觉得能用自己的拿手好戏挣钱帮助别人也是很快乐的事情。"

陈瑜　太好了!

– 06 –

陈瑜　女儿在烧菜、卖菜这件事上,花了多少时间?

林子　寒假的时候基本上都在做这些事情,如果订单很多,她一天都在忙。

陈瑜　很多家长会想,寒假是弯道超车的时间,要去补课,要去刷题,你看着孩子忙着接订单,内心会有一点点焦灼吗?

林子　我没有,可能是因为她在三、四年级的时候,所有科目的成绩都不好,我已经焦虑过一轮了。

因为我是一个从小被比较长大的人,所以我承认我也有比较的想法。刚开始肯定会把她跟班上成绩好的同学比,后来慢慢接受成绩好的同学我们是比不了了,那就跟她的闺密比。我跟她商量:"你闺密现在也开始上辅导班了,你要不要也去上,把成绩提上去?"

她真的是一个非常有自己想法的孩子,她是这么说的:"我不想上,如果我没有动力去上,即便你给我交钱,我去上课的时候,肯定也不会好好听的,你的钱其实就浪费掉了。如果你觉得这样没关系的话,你可以逼我去上,你可以交钱。"

然后我一想，我的钱也是辛苦挣来的，不是大风刮来的，那还是不要了。

她四年级的时候，我跟她说："大部分同学都已经在努力去想小升初的事情了，基本上都开始发力了。你要上不了某中学，怎么办？你可能就上不了高中了，然后上不了高中，估计也就上不了大学了。"

她爸爸毕竟是个博士，觉得自己的女儿不能连个大学都没有上。他只是有这种比较单纯的思想，倒也从来没有要求过孩子以后一定要上清北之类的。但我女儿说了一番话，我觉得其实挺有道理的。她说："妈妈，我不补课，不等于我一定上不了某中学；即使我上了某中学，也不等于我一定能上重点高中；即使我上了重点高中，我也不一定能上大学；很多人即使上了大学又怎样？其实每个人都是有自己的路的。"

我觉得她说的是对的，所以我愿意接纳她。我也会焦虑，但是我还是倾向于尊重她。我是妈妈的角色，我认为我是要站稳的，我不能让自己成为一个孩子，让她来照顾我，我不能容许自己再犯我妈妈的错误。

陈瑜　女儿在三、四年级时就能独立思考，很有自己的想法，你觉得是怎么形成的？

林子　一方面，我们的确给了她很大的空间，经常带她到处去玩。虽然我们家一直也不富裕，但是我愿意花这个钱带她到处去看看，所以她的见识可能会比别的孩子要多一些。

还有就是我想明白了一件事：我们不要去要求孩子，只要我们自己做得好，孩子自然差不到哪儿去。就以我自己为例，我是不刷手机的，我不抑郁的时候，是很爱学习的。我学了4门语言，周一到周五晚上11点，都会准时上外教课，去跟老师交流。

现在我发觉我女儿也逐渐喜欢看书了，她也会跟我讨论这个问题，说她朋友的妈妈为了培养自己女儿看书，每天还布置阅读理解。女儿就说："你看她爸爸每天回家玩手机，却要求孩子看书，怎么可能？再加上布置阅读理解作业，反而导致孩子更不爱看书了。"然后，她说到她自己，就很骄傲："妈妈，你看我就不一样。我在家看见你老在看书，所以我想刷手机的时候，都觉得有点不好意思。我就想着说，我也看会儿书，没想到慢慢地，我也挺喜欢看书的了。"

陈瑜　你做得特别好！

有一点我想问你：在你的描述中，女儿成绩不是特别出色，那在大家都特别强调分数的教育环境下，孩子的自信心有受到打击吗？

林子　我觉得她还好。

以前我也威胁过她，焦虑起来我也揍她、骂她，这些我都愿意承认。有时候我也会说："你成绩这么差，老师就不喜欢你了。"她说了一句很有意思的话："妈妈，老师不喜欢我,我自己喜欢我自己就行了,我没有必要让老师喜欢。"当然,她有可能就是倔,但是我觉得这句话她说给自己听,是有力量的。

她五年级时的数学老师很好,非常宽容。我跟老师去沟通孩子数学不好的事情。我问老师:"您说这个孩子有的知识点理解不了,是不是因为她笨?"我承认我有贬低自家孩子、讨好老师的意味。

老师就说:"我不这么认为。你不能这么说孩子,我从来不认为哪个孩子是笨的。在我心里头每个孩子都有自己的特长,有的孩子可能数学好一点,有的孩子可能做手工比较厉害……可能现在孩子对某些知识点理解不了,但没准儿以后她就开窍了,对吧?"

她最后说到一点:"我们将人生的轴线拉长就会发觉,进入社会以后,数学不好其实也不是什么大问题。"我觉得挺有道理的。

陈瑜 如果有一天,孩子跟你说"妈妈,我太喜欢烹饪了,我就想去读职高学烹饪",你和你先生能接受吗?

林子 我接受。我很喜欢的一本书叫《厨房里的人类学家》,作者在美国读人类学的时候,突然就退学去学了烹饪。我觉得挺好的,没什么不好。

她爸爸原来可能不太能接受,今年也有了一些转变。暑假里,女儿跟着一个老师学雕塑,每天很开心,老师很欣赏她，也能让她沉浸在工作的乐趣里。

她爸爸在思想上就有些松动了。他自己在农村长大，以前一直认为只有考学才能摆脱祖祖辈辈当农民的命运，但现在他会说，能有一个老师这么欣赏自己的孩子，能让孩子这么快乐，真的是一件很美好的事情。

感恩节那天一大早，我撒娇卖萌地说："今天是感恩节，快感恩一下。"他说了一句："感恩你给我生了一个这么优秀的孩子。"

其实我挺感慨的，因为以前他可能说过我们家孩子很可爱、很漂亮，在我印象里头，他没有用"优秀"形容过她。如果完全用成绩和排名来衡量这个孩子的话，她远远达不到标准意义上的优秀，但是论独立生活的能力以及她的情商、为人处世、和同学交往的能力，她是优秀的。

- 07 -

陈瑜　你刚才提到前几年自己得了抑郁症，是怎么触发的？

林子　一方面是之前公司的老板总骂人，每次骂我，我就特别害怕，有点像小时候被我爸爸骂的那种感觉；另一方面我奶奶去世了，就感觉我的生命缺了一块，因为我跟我奶奶感情太好了；还有就是我女儿没有上过幼小衔接，她一年级的时候，每次课堂作业完成后，老师都会让全对的小朋友站到讲台上，拍个照发到微信群里，而我女儿从来都没有出现在照片里过。

我心里会不平衡，她爸爸也会觉得很丢脸，然后开始否定我，说"你的教育都是失败的"。他可能只是在发泄他的情绪，但是我接收到的信息是他在否定我。或许别人只是给我提一个建议，但我就觉得对方在否定我，这是我的问题。那个时候所有这些东西排山倒海而来，好像一切都是对我的否定，我就开始否定自己，觉得自己一无是处，什么都不行，就是一个很失败的人，是彻头彻尾的失败者，所以我就开始抑郁了。

我以前认为自己是个很厉害的人，我甚至要求自己写的稿子达到别人不能修改的地步，您觉得可能吗？

陈瑜　不可能。

林子　对，这个就有点类似于我跟我爸爸的交流，虽然我不知道他心里在想什么，不知道他什么时候会生气，但是我想让自己达到不要让他生气的地步。

写稿件也是一样，我并不知道客户的标准是什么，但是我希望我能契合他的标准，我希望我交出去的稿子就是不要改。我一看到客户要求我改，我就会崩溃。我对自己太严苛了。

我觉得其实抑郁对我来说是一个很好的契机，我理解了抑郁的含义，开始接受自己的无能——我可以不行。

刚开始是我意识到自己不行，就全然否定自己，我甚至觉得我这么糟糕的人不配来当这个孩子的妈妈，觉得像我这样的人不如死掉算了。我有过自杀的想法，但是没有过自杀的行动。

后面就慢慢地允许自己不行：反正也这样了，还能糟糕到哪里去？可能两个月里什么都干不了，那就这样吧，反而能放松一些了。

陈瑜 你现在算从抑郁的状态里走出来了吗？

林子 9月份我爷爷去世后，我回了趟老家，想起很多小时候的事情。然后我就对自己说，虽然爸爸妈妈可能不太给力，但是我也是个得到了很多爱的孩子，得到了奶奶、爷爷、叔叔他们对我的爱。其实爸爸妈妈也给了我很多的爱，只不过不是以我想要的方式。

后来，我换了现在这份工作，相对来说环境比较宽松，我觉得还挺好的。

我做了五年心理咨询，直到今年才开始对咨询师表达不满。一个朋友说："说明你在原生家庭是个多么乖的孩子啊！"这件事好像突然促使我想通了很多：我不用讨好别人，如果别人让我觉得不舒服，我可以不喜欢他们，也不用认为是我不够好，配不上他们。

我意识到这一点以后，就豁然开朗了，现在很多问题突然想明白了。自己没有那么焦虑了,是因为我认为很多问题其实不是问题,它们只是存在着,不是我必须去解决的。

陈瑜 很多人在自己的原生家庭里遭受了伤害,就会陷在里边,后来自己做了母亲,就会非常没有力量,不懂得如何爱孩子,而改变又非常难,于是她们就陷在这个死循环里。

你能看清原生家庭对你的影响,同时又能挣脱这种影响,在自己做母亲的时候,自我改变、成长,去尽力达到理想的状态,我觉得其中有很多值得其他妈妈学习的东西。

林子 我认为一个人的力量,还是基于他自己的能力。如果你要寻求爸爸妈妈的帮助,不管是经济上的帮助,还是带孩子方面的帮助,那么你父母要控制你,你就得受着;但如果你有能力完全独立的话,你就有不受他们控制的权利。

我上了大学以后,基本上没有接受过父母给的一分钱,反而是资助我爸爸妈妈盖房子。在经济上我是独立的,这是一方面;另外一方面,我之前想跟过去决裂,就用反叛的方式跟爸妈对着干,但是后来我意识到,其实反着去做,恰恰意味着我没有跟原生家庭进行一个很好的隔离,依然对他们有一种心理上的依存。

在意识到这一点的过程中,我花了十几万去做精神分析。我的咨询师说,我已经比他认识的很多心理咨询师更自由、更不受条条框框的约束了。

还有,要多和一些没有那么喜欢批判别人的人在一起,少跟那些让你焦虑的人在一起。我慢慢地发现，这个世界上很少有不试图控制别人的人，我们父母那一代人，多少都会有控制别人的倾向。控制人的人比比皆是，而他们却不自知。

当然，我觉得你能够遇到那种不怎么批判别人的人，基本上意味着你自己也已经到了那个层级，否则你也吸引不来那种能够放下评判心、不认为自己绝对正确的人。我觉得可能这个就是所谓的自我修炼。

陈瑜 的确如此。

林子 我读研究生时遇到一个老师，她说过一句话，给我的触动挺大的。她说："你们是属于现在的，而你们的孩子是面向未来的，千万不要让现在的你们限制了未来的孩子。"

我看到过太多抑郁的孩子，身边也有很多烦恼的父母。我知道当别人还没有到这个阶段的时候，不管我们怎么说，都是帮不上忙的，但是我觉得能说一点是一点。好比我们救不了搁浅在海滩上的所有鱼，但是能救几条是几条，我可以一边把鱼扔回海里一边说"起码这条得救了"，这样我就满足了。

> 采访手记

感谢孩子，给了我们重塑生命的机会

为人父母，给了我们一次绝佳的机会，来彻底清理原生家庭遗留的疮疤。

首先要有一种自觉，意识到自身成长经历带来的影响，并且为了孩子愿意涅槃重生。没有这样的觉察，就很可能成为代际传递的一环，当年自己受的伤，会原封不动地复刻到孩子身上，让他们再遭一回罪。所以，你必须挺身而出，斩断那根链条。

有没有什么途径能实现改变？像本章的家长那样，可以通过自我学习进行提升或者求助于专业人士，勇敢地踏上去往内心的漫漫征途，回望自己的来路，去探索自己的家庭如何塑造了自己。

往事翻腾，一幕又一幕，包裹着太多的哀伤、愤怒、屈辱与绝望。结痂的创伤重新被撕开，过往的伤痛再次被激活，记得抱一抱当年的你，告诉他/她：我看见你了，你一路长大真的很不容易。

了然这一切，并不是为了让我们对原生家庭心生怨恨，而是为了帮助我们更理性地看待父母的种种局限,包括他们在特定时代形成的观念、他们匮乏的资源、他们性格甚至人格层面的不完善之处。纵然如此,父母已经做了他们能做的一切。现在已经没有必要去跟年迈的他们争论他们做得好不好,或者试图去改变他们来弥补自己,都不必了,让自己轻装前行的正确方式是选择放下。

选择放下,是为了从原生家庭的泥淖中爬出来。好消息是,我们不再是小孩,不一定非要从父母那里获得爱的滋养了。成年的我们可以学习自己爱自己,并且我们还可以从其他的人际关系中获得力量,比如从夫妻、朋友、心理咨询师那里。

完成了自我革新,你一定会对自己有更深刻的认知,也会更懂得什么才是真正意义上的成长。看看这一章的爸爸妈妈们:他们是不是比其他父母更坚定——坚定地爱孩子,坚定地给孩子自由?

这何尝不是一趟伟大的英雄之旅?感谢孩子,他们来到这个世界上也给了我们重塑生命的机会。

请你思考阅读本章之后,

原生家庭给你带来了什么?
哪些需要保有?哪些需要丢弃?
现在你们打造的这个家就是孩子的原生家庭,你希望它是什么模样?

后记 | 我是陈瑜，我一直在！

不管你是大人还是小孩，如果想找一个树洞，或是单纯想找一个人说说话，都欢迎你来敲我的门。只要在"少年大不同"公众号后台发送"少年发声"或"家长回声"四个字，就能添加我的个人微信。

"有人吗？有人听见我的声音吗？"嗯，我能听见，我是陈瑜，我一直在。我相信听见的力量，我想让更多的父母和孩子能够彼此听见。

最后，感谢参与访谈的所有家长；感谢我的工作伙伴刘斐雅、李敏岚、郑翌、黄鑫鑫、张彩云、顾学文；感谢中信出版集团的李静媛主编和林雪微、杨佳君编辑；感谢老丁和小丁子，和你们成为一家人是天底下最美好的事情。

陈瑜
2024 年 1 月于上海

"少年发声"/"家长回声"
愿成为你的树洞

扫描添加下方二维码
发送暗号:"少年发声"或"家长回声"

我是陈瑜
我一直在